Karl Richard Lindscheid

Die Gelbe Drohne

Roman

Karl Richard Lindscheid

Die Gelbe Drohne

Roman

Bibliografische Informationen der Deutschen Nationalbibliothek: Die Deutsche Nationalbibliothek verzeichnet diese Publikation in der Deutschen Nationalbibliografie; detaillierte bibliografische Daten sind im Internet unter http://dnd-dnb.de abrufbar.

Herstellung und Verlag: BoD – Books on Demand, Norderstedt
ISBN 978-3-7534-7770-1

Widmung

Für Annette – natürlich

I

Roberecht Erik Tarnus saß an dem kleinen Sekretär in seinem Laden auf dem Kattrepel und schrieb beim Schein einer Tranlampe an Zahlenkolonnen. Buchhaltung war an sich nicht sein Ding, aber nicht immer zu vermeiden. Draußen war es dunkler als gewöhnlich, und obwohl es von St. Marien erst dreiviertel fünf geläutet hatte, war Beleuchtung schon vonnöten. Es war eben Herbst. Wolken hingen am Himmel und der Wind pfiff durch den Kattrepel und die ganze Stadt. Tarnus strich sich über sein stoppelbärtiges Kinn. Ein Besuch beim Bader wäre eigentlich wieder angezeigt, doch dazu mangelte es an Zeit und Geld.

Tarnus legte die Feder beiseite und sinnierte. Wie lange war es schon her? Doch schon einige Monde. Schön war sie gewesen, die Festerei anlässlich der Trauung von Wiebke mit Hochamt und anschließendem Festmahl. Der Priester hatte wohlgesetzte Worte gefunden und auch der Wirt vom Schwarzen Eber hatte sein Bestes gegeben. Tarnus selbst hatte ein Brautkleid auftreiben können, ein wirklich hübsches Kleid. Aber dieses Kleid, früher einmal für eine wohlhabende Bürgerstochter aus der Reichenstraße angefertigt, hatte ihm beim Räuchern den Schweiß auf die Stirn getrieben. Wie oft war er zu seinem Räucherofen gegangen, um nachzusehen, dass nur kein Brandfleck auf dieses Kleid kam! Nun ja, insgesamt hatte Tarnus sich nicht lumpen lassen, aber gefunden, dass Wiebke eine solche Hochzeit verdient hätte. So war es gekommen, dass Ebbe in seinem Säckel herrschte. Aber dergleichen war er ja gewöhnt. Das strahlende Leuchten in Wiebkes Augen, als sie vor den Altar geführt wurde, und den Stolz in den Augen ihres Ehemannes würde er nicht vergessen.

Das junge Paar hatte wenig später, etwas weiter entfernt, direkt unter der neuen Stadtmauer zwischen Steinstraße und Spitaler Straße, eine neue Bleibe gefunden. Eine alte Frau, nicht ganz unvermögend, benötigte zunehmend Betreuung und hatte Wiebke zur Magd genommen. Tarnus war es recht gewesen und er hatte es auch gefördert – Wiebke sollte nicht dauerhaft auf dem Kattrepel mit den Häusern der zwielichtigen Bader und der Huren wohnen. Man hatte vereinbart, dass Wiebke noch für einige Zeit Tarnus tagsüber zur Hand ginge, um das Feuer im Herd zu bewachen und die Mahlzeiten zuzubereiten, aber vor Einbruch der Dunkelheit den Kattrepel wieder verließe. Morgens und abends würde sie sich dann vorläufig um die alte Frau kümmern. Und auch Wiebkes Mann, Geerd von der Süderstraße, war in dem Haus der alten Frau willkommen und durfte, sofern er nicht auf See war, mit Wiebke die Kammer teilen.

Ja, Geerd von der Süderstraße war wirklich ein Prachtjunge. Tarnus bildete sich ein, Geerds und Wiebkes Ehe gestiftet zu haben. Eines Tages war Geerd in Tarnus' Laden vorbeigekommen, um eine Gugel zu erwerben und die beiden waren ins Gespräch gekommen. Geerd, damals noch einfacher Schauermann, hatte gesagt, er wolle es bis zum Schiemannsmaat bringen und danach freien. Doch dann hatte er Wiebke gesehen und bald hatten die beiden sich in zärtlichem Einverständnis befunden. So hatten sie nicht so lange gewartet, bis Geerd Schiemannsmaat wäre. Aber lange sollte es bis dahin nicht mehr dauern. Es war mit dem Schiffer vereinbart, dass Geerd sich auf der nächsten Fahrt, die in die Ostsee bis nach Russland ging, zunächst noch als einfacher Schiemann bewähren sollte. Danach hatte er die Chance, bei der nächsten Fahrt zum Schiemannsmaat

2

aufzurücken. Mit gesundem Selbstbewusstsein, aber ohne Anmaßung hatte er davon erzählt: „Un dann bün ik der Herr über dat gesamte laufende Gut", und Wiebke hatte ihn dabei angestrahlt.

Schiffe hatten Geerd schon immer interessiert. Schon als Junge kannte er die Takelungen aller Schiffe. Später musste er an Land als Schauermann arbeiten, doch dann war er zur See gefahren. Die Gelbe Drohne, auf der er jetzt angeheuert hatte, galt als eine der schnellsten und wendigsten Koggen Hamburgs. Geerd hatte Tarnus zum Hafen mitgenommen, als das Schiff vom Stapel lief. Natürlich war Wiebke mitgekommen. Eigentlich war die Schifffahrt Tarnus' Ding nicht, aber man konnte sich dem nicht verschließen, wenn man in Hamburg lebte. Begeistert hatte Geerd Tarnus über das Schiff informiert. Wie gut konnte er erklären: „Seht hier, Meister. Dieses Schiff ist schlanker als eine normale Kogge, aber wird auch anders besegelt. Die normale Kogge besitzt ein Rahsegel. Aber bei dieser Kogge gibt unter dem großen Rahsegel noch weitere Segel. Das sind die Bonnets. Die sind neuartig. Dafür hat sich der Handelsherr extra einen Fachmann aus Rotterdam kommen lassen. Damit wird das Schiff schneller und wendiger. Aber es ist schwieriger zu segeln. Und gerade für das laufende Gut braucht es eine gute Mannschaft." Tarnus hatte sich das angehört und daran denken müssen, dass nicht jede Fahrt erfolgreich gewesen war. Wie viele Männer waren dem blanken Hans zum Opfer gefallen! Aber vielleicht lag er da falsch. Er selbst war ja nicht an der Küste aufgewachsen. Das Leben hatte ihn irgendwann einmal nach Hamburg verschlagen. Die Seefahrt mit all ihren Gefahren und Hamburg, das gehörte einfach zusammen. Und auch Wiebke schien sich keine Gedanken über die Gefahren der Seefahrt zu machen. Der Stolz auf ihren Mann, den zukünftigen

Schiemannsmaat, war offenkundig. „Sag etwas über die Kanonen", hatte sie Geerd ermuntert.

„Nicht Kanone, Wiebke", hatte Geerd, zu Wiebke gewandt, gesagt: „Bombardelle heißt das." Und zu Tarnus: „Das sind Geschütze, die sind viel kleiner und leichter als Kanonen, haben aber eine höhere Feuerkraft. Ja, wehrhaft ist diese Kogge über alle Maßen! Und wir haben an Bord sogar zwei Bombardellen. Da wird jedes Piratenschiff Reißaus nehmen."

„Du wirst jeden Piraten besiegen", hatte Wiebke gesagt und Geerd hatte sie in den Arm genommen und auf den Mund geküsst: „Werde ik, min Deern. Und dann komme ich zurück zu meiner Liebsten."

Gewissheit ohne Bedenken. Das war wohl das Recht der Jugend. Tarnus riss sich aus seinen Gedanken und griff wieder zur Feder. Draußen war es noch stürmischer geworden und Regentropfen klopften an die Scheiben. Da ertönte von der Ladentür her die Glocke und ein kräftiger Mann trat ein, den Tarnus vom Sehen kannte. Es war ein Büttel des Hohen Rates der Stadt. Er trug eine Laterne in der Hand und Wasser rann ihm von der Mütze auf die Kleidung und auf den Boden. „Roberecht Erik Tarnus?", fragte er barsch.

„Ja, natürlich", antwortete Tarnus. Er fand die Frage überflüssig, denn der Büttel wusste ja genau, wo Tarnus hauste, und musste auch wissen, wie er aussah. Wahrscheinlich wollte er durch diese Formalie nur seine Wichtigkeit unterstreichen. „Was kann ich für euch tun?", fragte Tarnus. „Ist ja ein Schietwetter draußen, da geht man nicht gerne vor die Tür." Vielleicht konnte er die Situation entschärfen.

„Mitkommen", gab der Büttel aber nur knapp zurück.

„Worum geht es denn?", fragte Tarnus.

„Zum Verhör", bekam er zur Antwort. War der Büttel nur ärgerlich wegen des späten Dienstganges im Regen oder war es

4

wirklich etwas Bedrohliches? Normalerweise kamen für eine Verhaftung zwei oder mehr Büttel. Andererseits – vielleicht standen ja weitere Männer vor der Tür.

„Ich komm ja schon mit." Tarnus löschte das Licht seiner Tranlampe und zog sich eine Gugel über, ein schönes Stück aus wasserabweisendem Filz. Ein kurzer Blick in die Küche. Es war noch genug Glut für die Nacht im Herd. „Bin schon fertig." Sie traten durch die Tür. „Lasst mich noch abschließen."

„Zügig, zügig", drängte der Büttel. Man merkte ihm an, dass er übler Laune war.

Tarnus schloss die Ladentür ab. „Seid ihr allein?", fragte er den Büttel.

Der Büttel grinste, maß ihn mit den Augen, zog die Schultern hoch und streckte die Brust heraus. „Dat will ik wohl mienen. Macht keine Zicken. Einen Hänfling wie euch lasse ich am ausgestreckten Arm verhungern. Und", fügte er hinzu, „ich bin auch schnell. Versucht nicht, mir zu entwetzen."

„Keine Sorge", meinte Tarnus, den Schlüssel in der Tasche seiner Gugel verstauend.

Bange Minuten waren es für Tarnus gewesen, der Gang aufs Rathaus und dort die große Treppe hinauf. Der Büttel hatte an eine Eichentür geklopft und auf Einlass gewartet. Auf ein knappes „Ja" hin hatte er diese geöffnet und Tarnus in eine gediegene Amtsstube geführt, die von zahlreichen Leuchtern erhellt war. „Hier ist der Mann."

„Danke. Ihr könnt jetzt gehen", kam es von einem Schreibpult. „Ich will mit dem Mann allein reden."

Der Büttel hatte sich zurückgezogen und die Tür geschlossen. Tarnus fiel ein Stein vom Herzen. Hinter dem Schreibpult stand ein Mann, den er kannte und dem er im positiven Sinne verbunden war. Gevatter Bensheim, wie er allgemein genannt wurde, war nicht nur ein jovialer älterer Herr mit rötlichen

Bäckchen und einem kleinen Bauch, nein, Carl von Bensheim war in Wirklichkeit auch ein einflussreicher Hamburger Kaufmann, der in den Rat der Stadt gewählt worden war und dem wegen seiner Reputation auch das Amt eines Gerichtsherrn angetragen worden war.

„Tarnus, ich bitte um Verständnis, euch um diese Stunde und auf diese Weise zu mir bestellt zu haben." Bensheim zog aus einer Tasche seines Kittels eine Brille mit einem Metallgestell und setzte sie umständlich auf, griff zu einer Akte und sagte entschuldigend: „Die Augen lassen nach."

„Gevatter Bensheim", Tarnus verbesserte sich, „Herr von Bensheim, ich bin immer sehr erfreut, euch aufsuchen zu dürfen, aber heute bin ich mehr als erfreut. Mir fällt ein Stein vom Herzen."

„Nun", Bensheim machte eine Pause, „einen anderen Weg, um mit euch zu sprechen, sah ich nicht. Früher war es mir noch möglich, ab und zu einen Gang zum Kattrepel machen, aber als Gerichtsherr kann ich mich da nicht mehr blicken lassen und meine Knechte wollte ich auch nicht zu euch schicken. Nehmt es mir nicht übel, eure Wirkungsstätte am Kattrepel ist nicht die beste, aber das wisst ihr ja. So fand ich einen Weg, euch aufs Rathaus kommen zu lassen: Ich konstruierte einen Fall und setzte euch als möglichen Zeugen ein."

„Was für ein Fall ist das?" Tarnus' Neugier war geweckt.

Bensheim nahm die Akte in die Hand. „Tarnus, ich muss euch fragen, ob ihr in der Nacht vom Sonntag auf den Montag etwas gehört oder gesehen habt. Da soll vor einem der Hurenhäuser, relativ weit weg von eurem Laden, ein Mann auf offener Straße ausgeraubt worden sein."

„Ich habe nichts gehört oder gesehen." Tarnus schüttelte seinen Kopf.

„Dann ist ja alles gut." Bensheim machte sich eine Notiz. Dann hielt er inne. Er wirkte besorgt. „Lassen wir das Kasperle-Theater. Ihr kennt die Gelbe Drohne?" Tarnus nickte.

„Ich mache mir Sorgen, große Sorgen sogar." Tarnus war verwundert. So ernst und sorgenvoll hatte er Bensheim noch nie gesehen. Sicher, Bensheim war jovial, aber auf diese Weise auch ein ausgezeichneter Verhandlungsmensch, der seine Interessen durchzusetzen wusste, doch jetzt war von diesem Wesen nichts zu spüren.

„Wisst ihr", fuhr Bensheim fort, „die Gelbe Drohne soll demnächst auf große Fahrt gehen. Sie soll Livland ansteuern, genauer gesagt Reval. Ursprünglich hatte ich Nowgorod vorgesehen, doch da für russische Waren in Reval das Stapelrecht gilt und ich dort gute Kontakte habe, habe ich mich auf Reval beschränkt. Wein, Bier und gute Tuche gegen Pelze, Lachs und wertvolles Holz, das ist ein ertragreiches Geschäft. Aber vorher sollte die Gelbe Drohne ihre Jungfernfahrt nur bis Wismar machen. Ich wollte ihre Seetauglichkeit testen, sehen, wie die Mannschaft mit der neuen Takelung zurechtkommt, und nebenbei natürlich auch Geschäfte machen: Hamburgisches Bier, Hering aus der Nordsee und vor allem Glas für Fenster gegen Pelze und Korn, welches im Augenblick hier rar ist."

„Ich weiß." Tarnus nickte. Auf dem Markt war der Preis für Hafer in die Höhe geschnellt.

„Herr von Bensheim, was macht euch so besorgt? Was kann ich tun?" Tarnus versuchte, das Problem auf seinen Kern zu verknappen.

„Ja, natürlich." Bensheim stutzte. „Gestern ist mir Kunde darüber gekommen, dass eine Kiste, die sich ganz unten im Stauraum der Gelben Drohne befunden haben muss, angespült worden sei. Und zwar in der Jammerbucht. Das heißt: Im Skagerrak, weit südlich von Skagen, noch nicht einmal ein Viertel der Strecke bis Wismar."

„Was für eine Kiste?" Tarnus wollte mehr Einzelheiten wissen.

Als Tarnus zum Kattrepel zurückging, war er zwar um viele Informationen über den Handel zur See reicher, aber harte Tatsachen über die Gelbe Drohne waren nicht dabei. Bensheim hatte den Verlust seines neuen Schiffes befürchtet – sicher, dieses wäre ein Schicksalsschlag, da Bensheim seine Schiffe ohne Fremdgelder bauen ließ. Aber er hatte sich auch Sorgen um die Besatzung gemacht, auf der anderen Seite immer wieder die Kompetenz seines Schiffers, Jan Spillhuis, betont. Besonders besorgt aber hatte er immer wieder auf mögliche Piraten hingewiesen. „Wisst ihr, die Piraten gelten ja allgemein als ausgemerzt. Aber könnte es nicht sein, dass es wieder neue gibt?" Tarnus hatte auf diese Fragen keine Antworten geben können. Seine Aufgabe war es jetzt, herumzuhören, auf Gerüchte zu achten, kurz, aktuelle Informationen über die Gelbe Drohne zu erlangen, sofern das überhaupt möglich war. Die einzige Tatsache war bis jetzt nur, dass die Gelbe Drohne vor nunmehr fast zwei Monden ausgelaufen war und noch nicht heimgekehrt war.

Tarnus schloss die Tür seines Ladens auf und ließ diese aufstehen. Ein schneller Gang in die Küche. Dort nahm er eine leere Kanne und verließ seinen Laden wieder. Ihm war nach einem kurzen Gang ins Brauhaus von Dörte Hendriksen zwei Straßen weiter: Die Kanne mit vollmundigem Exportbier füllen lassen, dann wieder zurück in den Laden und beim Schein der Tranlampe etwas sinnieren, das Gespräch mit Gevatter Bensheim noch einmal durch den Kopf gehen lassen und überlegen, wie er weiter vorgehen sollte. Nun ja, an Geld für das Bier mangelte es ihm nicht, Gevatter Bensheim hatte ihn mit einem ordentlichen Vorschuss versehen.

Tarnus erwachte am nächsten Morgen, von lautem Klopfen geweckt. Hastig stand er auf, zog sich an und öffnete die Ladentür. Ein Kunde, den er noch nicht kannte, stand vor der Tür. Dieser Mann trug einen Sack über der Schulter. Eigentlich war es Tarnus noch zu früh und er hatte auch nicht gut geschlafen, aber was sollte es, Geschäft war Geschäft.

„Man sagte mir, ihr sucht gebrauchte Sachen", sagte der Mann.

„Das stimmt wohl", antwortete Tarnus. „Aber es kommt darauf an, was ihr habt und welchen Preis ihr haben wollt."

„Schaut nach." Der Mann schüttete den Inhalt des Sacks auf den Ladentisch.

Tarnus überprüfte die Sachen, es waren einige gute dabei, aber auch solche, die für einen Weiterverkauf nicht geeignet waren. „Wo habt ihr die Sachen her?", fragte er.

„Von einer alten Frau", sagte Tarnus' Gegenüber. „Meine Frau war Magd bei ihr. Die alte Frau hat ihr die Sachen vermacht. Sagt, was könnt ihr dafür geben?"

Tarnus hob die Schultern. „Die Hälfte der Sachen kann ich nicht verwerten, der Stoff ist so geschlissen, dass man ihn nicht mehr nähen kann. Und dann muss ich noch die andere Hälfte der Ware räuchern und hoffen, sie verkauft zu kriegen. Sagen wir, sechs Witten."

„Sechs Witten für diese Erbschaft? Meine Frau ist die Stellung los und die Mahlzeiten."

„Was hattet ihr euch denn vorgestellt?", fragte Tarnus.

„Ich weiß es eigentlich gar nicht, aber viel, viel mehr. Die alte Frau hat immer so getan, als würde sie über wertvolle Sachen verfügen."

Tarnus schüttelte seinen Kopf. „Ich bin Händler und kenne die Preise und die Unkosten. Ich mache euch ein Angebot: Ich gebe euch acht. Das ist eigentlich zu viel, aber mich dauert eure Geschichte. Ich würde euch gerne helfen, aber auch für mich gibt es Grenzen."

„Zehn?" Die Frage klang zaghaft.

Tarnus schüttelte erneut seinen Kopf. „Acht Silberlinge, das ist mein letztes Wort. Sonst müsst ihr euren Sack wieder mitnehmen. Aber glaubt mir, acht Silberlinge werdet ihr nirgendwo anders erzielen."

„Dann lasse ich die Ware hier." Resignierend warf der Mann seinen leeren Sack über die Schulter.

„Gut." Tarnus zählte acht Silberlinge auf den Ladentisch. Dann hielt er dem Mann die Hand hin. „Hand drauf?"

„Hand drauf." Der Mann schlug ein. Er hatte ein offenes und ehrliches Gesicht, aber er war nicht mehr jung. „Wisst ihr", sagte dieser, „am meisten schmerzt mich für meine Frau der Verlust ihrer Kammer. Bei dieser alten Frau war sie gut und sicher aufgehoben. Ich bin die meiste Zeit auf See. Und wenn ich hier war, konnte ich diese Kammer mit meiner Frau teilen – bisher wenigstens. Jetzt werden wir uns eine Unterkunft in einem weniger guten Haus nehmen müssen und trotzdem wird es teurer für uns. Und die Heuer ist auch nicht so, dass viel dabei herauskommt."

Tarnus tat der Mann leid. Auf der anderen Seite – Wie oft hatte er Ähnliches gehört? Wie oft schon hatte er überzogene Erwartungen enttäuschen müssen? „Freut euch wenigstens über die acht Witten", sagte er, „das soll ja auch schon mal was sein."

„Dann mal einen guten Morgen." Der Mann steckte das Geld ein und verließ Tarnus' Laden.

Tarnus zwang sich, nicht weiter über diesen Mann nachzudenken. Er musste jetzt als Kaufmann handeln und da ging es nicht um Begriffe wie Nachlass oder wertvolles Vermächtnis. Von nun an ging es um die Verarbeitung angelieferter Ware. Mit geübtem Blick sortierte er die Kleidungsstücke auf zwei Stapel. Der eine bestand aus Ausschussware. Wiebke sollte diese Teile noch einmal durchsehen, vielleicht konnte sie das eine oder andere noch retten, indem sie Flicken ansetzte. Darin war sie sehr geschickt und sie wusste auch, dass sie solches für sich selbst oder für Geerd nehmen durfte. Den Rest würde sie zu Putzlumpen zerschneiden. Tarnus nahm die Sachen, die er weiterverkaufen wollte, einzeln in die Hand. Er zog ein Nachtgewand mit einem spitzenbesetzten Ausschnitt hervor. Er überlegte, ob er Wiebke dieses Nachtgewand als Geschenk anbieten sollte, aber das wäre unschicklich gewesen. Er legte es erst einmal einzeln auf den Ladentisch. Dann sortierte er Schuhe, Bänder und Gürtel aus und stapelte die Sachen für den Räucherofen. Den würde er mittags anheizen und bis zum Abend laufen lassen. Doch am Vormittag noch wollte er seinen ersten Gang in der Angelegenheit Gelbe Drohne unternehmen.

Die Ladentür ging auf und die Glocke ertönte. Wiebke trat mit erhitztem Gesicht ein. „Da bün ik." Sie erzählte kurz, dass es der alten Frau in dem Haus unter der Stadtmauer nicht gut gegangen wäre. „Sie hatte gestern Abend fetten Aal gegessen und der ist ihr nicht bekommen. Na ja, als alles wieder sauber war, bin ich losgelaufen."
„Und wenn es mal ein bisschen länger dauert, das macht nichts. Wiebke, du musst dich nicht hetzen."
Wiebke hatte auf dem Ladentisch das Nachtgewand entdeckt. Sie nahm es in die Hand und hielt es sich an. „Das ist aber schön! Das ist für eine ganz feine Frau. Das wird doch sicher zwei Witten bringen."
„Ich wollte es eigentlich nicht verkaufen", sagte Tarnus, „eigentlich wollte ich dich fragen, ob es dir gefällt, und dir schenken, aber dann wusste ich nicht, ob das schicklich wäre. Ich meine, wo Geerd doch dein Eheherr ist."
„Meister, ihr seid so gebildet und einfühlsam. Geerd wird das Nachtgewand auch gefallen. Besonders, wenn ich darin stecke."
Wiebke wurde ein bisschen rot.

„Nimmst du es dann?", fragte Tarnus.

„Gern", antwortete Wiebke, „aber nur unter einer Bedingung."

„Und die wäre?", fragte Tarnus.

„Wenn ich die Ausschuss-Ware repariert habe, dann ist das für den Laden und nicht für mich."

Tarnus war es recht. „Wiebke, dann essen wir heute Mittag Haferbrei wie immer, aber ich muss noch einmal zum Markt. Ich könnte etwas zum Essen für die nächsten Tage mitbringen. Ist das recht?"

„Auf den Markt zum Einkaufen, Meister?" Wiebke blickte ungläubig.

„Wiebke, Einkaufen – zum Hören, zum Spähen, für Botengänge, du weißt schon."

„Ja, natürlich, Meister." Wiebke lächelte wissend.

Tarnus ging los. Der Markt würde, wie immer um diese Zeit, voll von Menschen sein. Vielleicht ergab sich die Gelegenheit, etwas zu erlauschen. Hören war immer gut, Fragen zu stellen nicht immer. Da musste man aufpassen und dieses Mittel nur sehr vorsichtig einsetzen. Am besten blieb man anonym im Hintergrund. Auf dem Weg belastete ihn die Frage, was er Wiebke sagen sollte. Ihr die Kunde mitteilen, mit der Gelben Drohne wäre möglicherweise etwas geschehen? Sicher, Bensheim war sehr sorgenvoll gewesen, aber warum hatte er dann ihn, Tarnus, beauftragt? Doch nicht, weil er sich sicher war. Tarnus beschloss, erst einmal abzuwarten und Wiebke in diese Sache nicht hineinzuziehen. Außerdem hatte er Bensheim Diskretion zugesichert.

Auf dem Markt drängten sich viele Menschen. Die Auslagen der Marktstände waren um diese Zeit noch recht gut mit Waren gefüllt, wenngleich nicht mehr üppig. Tarnus ging zum Stand eines Schlachters. Gut sahen sie aus, die ausgebreiteten Teile der

Schweine! Er blickte hin und her und entschied sich letzthin für zwei saftige Schweinebacken. Er fragte nach dem Preis, handelte noch ein wenig, zahlte und legte die Fleischstücke in seine Tasche. Einen Korb hatte er nicht mitgenommen, das war in der Regel ein Gegenstand für die Mägde. Bei einem Bauern sah er Pastinaken. Er erinnerte sich, wie Wiebke von diesem Gemüse berichtet hatte und einem Gericht, welches ihr die alte Frau von der Stadtmauer beigebracht hatte: Geschmorte Pastinaken mit Zwiebeln und Knoblauch. Dazu noch die Schweinebacken, das wäre ein Festmahl für sie beide! Tarnus kaufte die drei Gemüse und kam dabei auf einen günstigeren Preis als erwartet. Mit seiner Tasche über der Schulter stellte er sich suchend an den einen oder anderen Stand, aber konnte keine Informationen erlauschen. Dann blieb er bei einem Gaukler stehen. Den hatte er in Hamburg noch nicht gesehen. Der Gaukler war ein junger Mann. Geschickt jonglierte er mit drei farbigen Kugeln, dann warf er sie abschließend in die Luft und ließ sie verschwinden. Zuletzt zog er die Kugeln aus dem Ärmel seines Gewandes heraus. Dann betätigte er sich als Feuerschlucker und zuletzt als Bauchredner. Der Gaukler verbeugte sich zum Abschluss. Wie man am Klatschen hörte, war ihm der Beifall seines Publikums sicher, nicht aber der Dank. Tarnus legte wie nur einige wenige der anderen Zuschauer einige Kupfermünzen in eine ausgestellte Schale und beobachtete, wie der Gaukler seine Umgebung aufmerksam mit hellen, flinken Augen musterte.

Tarnus ging zum Kattrepel zurück. Er überlegte, in welchem Aufzug er am Abend nach getaner Räucherarbeit losziehen sollte, um verschiedene Schankhäuser abzuklappern. Wie ein gestandener Maat oder Schauermann auftreten und mit gepflegten oder sorgsam geflickten Sachen ein Bier in einem Schankhaus mit gutem Leumund trinken? Oder mit abgerissenen

Sachen wie ein Mann, der für alles zu gebrauchen war, eines der verrufenen Häuser aufsuchen? Tarnus entschied sich für letzteres. Dann war es auch nicht nötig, noch bei Hannes dem Bader vorbeizugehen, um sich rasieren zu lassen – im Gegenteil.

Die Glocke der Ladentür ertönte, als Tarnus die Tür öffnete. „Ich bin zurück", rief er beim Eintreten.

„Das ist gut, Meister", kam es aus der Küche. „Der Haferbrei ist fertig. Ich mische gerade noch den Honig unter. Wenn ihr wollt, können wir gleich essen."

„Gut", antwortete Tarnus und legte die Tasche auf dem Ladentisch ab.

„Meister, wart ihr erfolgreich beim Einkaufen?"

„Sehr", sagte Tarnus, „aber darüber sprechen wir erst nach dem Essen."

Wiebke kam aus der Küche. „Darf ich sehen?" Sie blickte auf die Tasche. „Ich bin sehr neugierig."

„Na, dann lass dich mal nicht abhalten."

Wiebke öffnete die Tasche und legte ihren Inhalt auf dem Ladentisch aus. „Was sehe ich da? Das sind ja Pastinaken und Zwiebeln und Knoblauch. Genau wie im Rezept der alten Frau Ellmann."

„Ja, ich habe beim Einkauf an dich gedacht."

„Und was habt ihr hier mitgebracht?" Wiebke wies auf das Fleisch. „Ich fasse es nicht, das sind ja Schweinebacken."

„Ich dachte, das wäre ein gutes Essen für die nächsten Tage", meinte Tarnus.

„Ein Festessen, Meister."

Tarnus sah ehrliche Freude in den Augen von Wiebke. „Na ja", brummte er, „lassen wir es uns gutgehen, es hat schon andere Zeiten gegeben. Aber jetzt essen wir erst einmal in der Küche deinen Haferbrei mit Honig, der ist auch immer lecker."

II

Der Wind heulte mal wieder und Regenwolken bedeckten den Himmel. Eigentlich kein Wetter, um vor die Tür zu gehen. Doch Tarnus hatte keine Ruhe gehabt. An irgendeinem Ort musste es doch Kunde von der Gelben Drohe geben! Schon drei oder vier Abende und Nächte war er unterwegs gewesen, um verschiedenste Schankhäuser der schlimmeren und der schlimmsten Sorte aufzusuchen. Er hatte gelauscht, mal als stiller Zecher am Tresen, mal als Betrunkener, der am Tisch, den Kopf auf beide Arme gestützt, vor sich hin stierte. Tarnus hatte es auch als Arbeitssuchender versucht. Es war ja nicht so, als ob in diesen Kaschemmen nicht auch ganz normale Arbeit vermittelt würde. Es gab immer Bedarf an Leuten, die auf die Schnelle bereit und in der Lage waren, etwa beim Beladen einer Kogge zu helfen oder gar auf große Reise zu gehen. Sozusagen eine stille Reserve für die Leute, die nicht pünktlich erschienen waren, weil sie in den Armen eines Mädchens hängengeblieben waren oder es sich anders überlegt hatten. Überall Fehlanzeige! Tarnus war auf dem Rückweg zu seinem Laden. Er beschloss, noch einen letzten Versuch für den heutigen Abend zu starten. Unweit seines Ladens befand sich der Reeperdaddel, ein Gasthof von unsäglichem Ruf, an dem Tarnus zwar recht häufig vorbeikam, dessen Inneres er aber niemals eines Blickes gewürdigt hatte.

Tarnus trat ein, seine Gugel tief in das Gesicht gezogen. Stickiger Geruch kam ihm entgegen und eine Luft wie zum Schneiden. Tarnus musste husten, verschüttetes Bier vom Boden und der junge Wein, den man hier ausschenkte, bildeten eine Mischung, die die Atemwege reizte. Er schob sich an zahlreichen Stehtischen vorbei, an denen wild und laut gezecht wurde. Derbe Worte flogen durch den Raum und hier und dort stand eine leicht bekleidete Hure bei den Männern, um einen Freier anzumachen. Tarnus ging bis zum Tresen vor. Er sah an dessen Ende noch einen freien Platz, an den er sich stellte. Hinter dem Tresen stand der Schankwirt, Herr über den Zapfhahn und die Weinflaschen, ein großer, breitschultriger Mann, der nicht so verkommen wirkte wie sein Etablissement. Das Bier zapfend oder in die Weingläser schenkend, blickte er in seinen Schankraum und gab seinen Schankmädchen Befehle. Tarnus hörte: „Die drei am fünften Tisch haben ausgetrunken, sorg mal für Nachschub." Der Wirt sah Tarnus an: „Was soll es denn sein, ein Bier oder ein Wein?"

„Ein Bier."

„Hast du auch Geld?"

Tarnus zog seinen Säckel aus der Tasche der Gugel hervor, öffnete ihn und machte seinen Inhalt sichtbar. Neben Kupfermünzen lagen auch einige Silberlinge darin.

„Dann wohl ein Großes?", meinte der Wirt.

„Groß", sagte Tarnus, „ja, natürlich."

„Erst ein paar Bier und dann ein Mädchen?", kam die Frage.

„Erst ein Bier", sagte Tarnus, „vielleicht reden wir später über Arbeit, aber keine Mädchen. Nee, zu viel erlebt." Er schüttelte seinen Kopf.

Der Wirt stellte einen Krug mit Bier vor Tarnus hin. „Wohl bekomm's." Tarnus zahlte sofort. Das war in Schankhäusern dieser Art üblich. Er nippte an seinem Bier und ließ hin und wieder einen unauffälligen Blick in den Schankraum schweifen. Da waren eigentlich nur betrunkene Männer, die hin und wieder von einer Hure angemacht wurden. Doch an einem Tisch in einer Ecke saßen zwei Männer, die sich so unterhielten, dass Tarnus den einen oder anderen Wortfetzen mitbekommen konnte. Erst hören, dann sehen! Tarnus beschränkte sich auf seinen Bierkrug und trank den einen oder anderen Schluck.

„Du bist zu langsam! Es geht nicht voran mit den Gerüchten.“

„Was soll ich denn machen? Ich bin schon dabei, das von der Gelben Drohne zu verbreiten. Aber das sollte doch behutsam geschehen, heute ein Scheibchen und morgen ein Scheibchen, bis endlich der ganze Käse auf dem Tisch liegt.“ Ein hämisches Lachen folgte.

„Aber es geschieht nichts, es spricht sich nicht herum. Du gibst dir zu wenig Mühe.“ Das klang scharf.

„Ich gebe mir viel Mühe, aber bei dem Hungerlohn kann ich mal den einen oder anderen Gasthof ansteuern, um etwas zu erzählen. Aber mehr geht nicht. Wovon soll ich denn da mein Bier bezahlen?“

„Ist in Ordnung, du bekommst mehr.“

Tarnus lauschte, dann fühlte er eine Hand auf seiner Schulter.

„Na, Süßer, hättest du mal ein paar Minuten für mich?“ Tarnus drehte sich um. „Auf dem Flur kostet es zwei Witten, in der Kammer vier.“ Tarnus sah einer Hure ins Gesicht. Diese hatte ein schönes Gesicht, das aber zu sehr geschminkt war. Sie trug ein leichtes Kleid, aber nichts darunter.

Tarnus lächelte und schob seinen Zeigefinger unter ihr Kinn. „Ach Mädel“, seufzte er gequält. „Die Speicher sind leer, wenn du verstehst, was das heißt. Vielleicht morgen. Vielleicht frage ich nach dir. Wie heißt du?“

„Für dich Aphrodite. Frag nach diesem Namen.“ Die Hure zog ab.

Tarnus hatte Gelegenheit gehabt, den Tisch, von dem die gerade gehörte Worte gekommen waren, noch einmal kurz zu mustern. Da saßen ein junger Mann und ein älterer. Der letztere war klein, hatte eine Hakennase und langfingrige Hände. Und seine Kleidung schien irgendwie nicht in diesen Raum zu passen. Ein

Buchhalter, ein Sekretär? Irgendetwas in dieser Art. Der andere war jung – ja, kannte er diesen Mann nicht? Hatte er ihn nicht schon einmal gesehen? Aber Tarnus fiel es nicht ein. Er trank sein Bier aus. Es schmeckte nicht besonders, kein Vergleich mit dem Bier aus dem Brauhaus von Dörte Hendriksen. Vielleicht lag das an minderwertigen Zutaten, es war aber auch bekannt, dass manche Schankwirte ihr Bier mit Wasser direkt aus dem Fleet „behandelten".

„Noch ein weiteres Bier?" Der Wirt wandte sich Tarnus zu.
„Gern", sagte Tarnus.
„Tut mir leid mit dem Mädchen gerade", fuhr der Wirt fort, während er neues Bier in Tarnus' Krug zapfte. „Die sollte dich eigentlich nicht ansprechen."
„Kommt vor", wiegelte Tarnus ab. „Vielleicht war sie knapp bei Kasse."
„Kann man wohl sagen." Der Wirt schob den gut geschenkten Krug zu Tarnus hin. „Ihr Mann liebt das Knöchelspiel."
Tarnus schob ein paar Münzen zurück und der Wirt sammelte sie ein. „Fünf Bier zu Tisch acht." Ein Schankmädchen kam zum Tresen. Der Wirt wandte sich wieder dem Zapfhahn zu.
Tarnus nippte an seinem Bier. Dass da eine Intrige lief, war sonnenklar. Aber das war das Einzige, was er herausbekommen hatte. Nicht viel, aber wenigstens ein Anfang. Er musste am nächsten Tag unbedingt Bensheim Bescheid geben, dass da irgendetwas gegen ihn lief.

Tarnus trank seinen Bierkrug aus. Dieses Bier zu trinken, war reine Willenssache gewesen. Von dem Tisch in der Ecke hatte er nichts mehr gehört, vielleicht waren die beiden Männer gegangen, vielleicht hatten sie ihr Gespräch auch leiser fortgeführt, auf alle Fälle hatte Tarnus sich nicht noch einmal umdrehen wollen. Er stellte den Krug zurück auf den Tresen. „Ik mutt ma löus."

„Ist gut", antwortete der Wirt, „bis morgen?"

„Ja", sagte Tarnus, „bis morgen."

Ein kurzer Blick auf den Tisch in der Ecke, von dem das erlauschte Gespräch gekommen war. Der war – wie erwartet – leer. Tarnus umkurvte ein paar Stehtische mit laut grölenden Zechern, dann stand er vor der Tür. Am nächsten Tag würde er am besten noch vormittags mit Bensheim sprechen und ihm sagen, dass da Gerüchte über die Gelbe Drohne gestreut wurden. Aber wer tat so etwas und mit welchem Motiv?

Tarnus erwachte nach unruhigem Schlaf. Der vorsichtige Optimismus des Vortages war dahin. Was war er doch für ein Idiot gewesen! Er war tagelang ziellos durch die Stadt gestreift, hatte sich umgehört, umgehört und noch einmal umgehört. Er hatte Aktion gemacht. Warum aber hatte er nicht noch einmal über Bensheims Auftrag nachgedacht? Sicher, Bensheim war in tiefer Sorge um sein Schiff gewesen. Das war aus dessen Sicht verständlich, da ging es um ein Schiff mit seiner Besatzung, da ging es um viel Geld und Reputation. Aber er, Tarnus, hatte den Verstand ausgeschaltet. Als Bensheim von der angespülten Kiste gesprochen hatte, da hatte Tarnus daran gedacht, welch ausgezeichnete Informationen Bensheim hatte und wie gut er vernetzt war. Aber was geschah denn mit einer Kiste, die an irgendeinen Strand der Jammerbucht gespült worden war? Nun, überall lebten die Menschen vom Strandraub und da wäre jeder Teil der Kiste und ihres Inhaltes sofort und völlig lautlos verwertet worden. Und was mögliche Meldungen über den Fund einer Kiste anging: So etwas konnte nur ein Stadtbewohner glauben, der keine Ahnung hatte, wie es auf dem Land oder am Strand zuging.

Tarnus zog sich an. Er musste aufs Rathaus, da brauchte er Kleidung, die etwas hermachte und Bensheim nicht in Misskredit brachte. Gepflegt sollte sie aussehen, aber nicht protzig. Tarnus' Missmut stieg. Abgesehen von ein paar Worten über eine Intrige, was hatte er über den Verbleib der Gelben Drohne herausgefunden? – Absolut nichts. Und dann kam noch etwas dazu: Früher hätten ihm ein oder zwei Blicke aus den Augenwinkeln heraus gereicht, um eine Person in jeder Einzelheit beschreiben zu können. Jetzt sah er ein Gesicht, das er schon einmal gesehen haben musste, und konnte es nicht zuordnen. Nein – in Höchstform war er im Augenblick wohl nicht. Tarnus zog sich einen Mantel an und setzte einen breitkrempigen Hut auf. Dann trat er auf den Kattrepel hinaus und verschloss die Tür seines Ladens. Die frische, aber nicht mehr stürmische Luft des Vormittags würden ihm guttun.

Tarnus verließ das Rathaus. Der Amtsdiener, der Tarnus bei Bensheim melden sollte, war zurückgekommen: Der Herr von Bensheim befände sich in einer Sitzung und würde, sobald er ein Ende derselben absehen könnte, nach ihm schicken. Wie lange das denn dauern könnte, hatte Tarnus gefragt.
„Na", hatte der Amtsdiener gesagt und mit den Augen gezwinkert, „erst eine hochnotpeinliche Befragung und dann vielleicht noch der zweite oder dritte Grad bei Meister Pfingstmann – das kann dauern. Bis zum Nachmittag werdet ihr euch sicherlich gedulden müssen."
Tarnus beschloss, noch ein wenig durch die frische Luft zu streifen, bevor er zum Kattrepel zurückkehrte. Er schlenderte ohne Ziel durch die Straßen und versuchte, sich auf den Stand seiner Barschaft zu konzentrieren. Tarnus rechnete: Eigentlich sah es im Augenblick nicht schlecht aus, er hatte einiges durch den Verkauf von Anziehsachen eingenommen, aber auch acht Witten für den Ankauf ausgegeben. Andererseits musste er ja

auch noch den Vorschuss von Bensheim herausrechnen. Und da sah es wieder nicht so gut aus, dann blieben nur noch wenige Silberlinge. Und was wäre, wenn er den Vorschuss mangels Erfolges zurückzahlen müsste? Tarnus schüttelte den Kopf. Im Augenblick hatte er keine guten Gedanken. Er musste den Kopf freibekommen.

Tarnus bemerkte, dass er, ohne auf den Weg zu achten, auf dem Markt angekommen war. Einzukaufen brauchte er nicht, das machte er normalerweise auch gar nicht. Außerdem wusste er, dass noch Pastinaken und Schweinebacken vorrätig waren. Und sollte das nicht reichen, Haferbrei gab es ja auch noch. Tarnus holte aus seinem Säckel einige Kupfermünzen heraus, vielleicht war der Gaukler wieder da, den er vor einiger Zeit gesehen hatte, oder ein anderer, alles arme Hunde, die oft nicht genug Brot zu beißen hatten. In der Tat ging derselbe Gaukler wie zuvor seinem Handwerk nach. Er jonglierte soeben mit seinen drei farbigen Kugeln. Tarnus wollte nähertreten. Vielleicht konnte er den Trick erkennen, wie die Kugeln zum Verschwinden gebracht wurden, doch dann drehte er plötzlich ab und schob sich den Hut etwas tiefer ins Gesicht: Dieser Gaukler und der junge Mann von gestern Abend im Reeperdaddel waren ein und dieselbe Person!

Tarnus entfernte sich vom Markt. Er ging gemessenen Schrittes zurück zu seinem Laden auf dem Kattrepel. Im Laufe seiner Arbeit als Späher, wie er sie nannte, hatte er sich einige Sicherheitsmaßnahmen zu eigen gemacht. Zu diesen gehörte auch, möglichst unerkannt zu bleiben. Wenn dieser Gaukler ihn auf dem Markt beim Einkaufen, eigentlich einer Arbeit für Mägde, bemerkt hatte, später noch beim Bier im Reeperdaddel und jetzt noch ein weiteres Mal auf dem Markt, würde er vielleicht misstrauisch werden. Dieser Gaukler hatte helle und flinke Augen. Womöglich besaß er auch die Fähigkeit, durch einen kurzen Blick jede Einzelheit eines Menschen erfassen zu können, eine Fähigkeit, die ihm selbst wohl im Augenblick abhandengekommen war. Tarnus stolperte, fing sich aber wieder. Er sah zu Boden. Ein Ast, wohl durch den Wind der letzten Tage zu Boden geweht, hatte sich an einem Bein verfangen und den Schritt nach vorne blockiert. Tarnus streifte den Ast ab und ging weiter. Plötzlich kam ihm noch etwas in den Sinn, etwas, das möglicherweise wichtig war. Als er am gestrigen Abend die beiden Männer im Reeperdaddel belauscht hatte, da war noch etwas gewesen, was er zwar gesehen, aber bisher nicht registriert hatte: Der ältere der Männer, der kleine mit der Hakennase und den Spinnenfingern, hatte seinen Bierkrug mit beiden Händen umklammert gehalten. Doch als er die Finger gestreckt hatte, hatten sich seine Fingerkuppen gezeigt und die waren dunkel verfärbt gewesen. Ob diese Beobachtung wirklich wichtig war? Tarnus wusste es nicht. Vielleicht aber war er doch noch nicht so weit im Keller, wie er gedacht hatte.

Die Glocke der Ladentür ertönte, als Tarnus die Tür zu seinem Laden öffnete. „Ich bin zurück", rief er beim Eintreten. Normalerweise rief Wiebke dann aus der Küche zurück, aber heute tat sie das nicht. Tarnus sah, wie Wiebke in der Tür zwischen Ladenraum und Küche ganz in sich versunken stand. Ihre Hände hatte sie auf die Schürze gelegt und ihre Finger tasteten zärtlich auf dem Unterbauch. Tarnus war stehengeblieben. Dieser Anblick hatte etwas so Rührendes an sich, dass er nicht zu stören wagte. Leise zog er sich zu seinem Sekretär zurück und legte geräuschlos Hut und Mantel auf einem Stuhl ab. Doch da kam es schon aus der Küche: „Meister, seid ihr zurück? Ich muss euch etwas zeigen."

„Ja, ich bin zurück", rief Tarnus. „Was willst du mir denn zeigen?"

„Kommt in die Küche."

Tarnus ging in die Küche. „Seht, Meister." Wiebke wies auf den Herd. „Das ist unser Mittagessen. Wir haben noch Pastinaken mit Schweinebacke. Das alles ist in dem oberen Topf. Dieser Topf steckt in dem unteren Topf und wird durch die Henkel gehalten. Und in dem unteren Topf, der auf der Glut steht, ist siedendes Wasser. So wird die Mahlzeit warm, kann aber nicht anbrennen."

„Wiebke, ein Wasserbad, ich habe davon gehört. Aber solche Kunst habe ich dich leider nicht lehren können."

„Macht nichts, Meister", antwortete Wiebke nicht ohne Stolz, „so zeige ich sie euch."

„Hat dir das die alte Frau unter der neuen Stadtmauer beigebracht?"

„Ja, die alte Frau Ellmann", entgegnete Wiebke. „Manchmal denkt man, sie ist hinfällig, wenn sie im Lehnstuhl sitzt. Aber manchmal tut se noch durch die Küche wuseln. Ik denk, n büschen watt kann se noch."

„Das finde ich gut. Du hilfst ihr und sie bringt dir etwas bei. Wann sollen wir denn essen?"

„Wenn ihr wollt, sofort", sagte Wiebke. „Alles ist fertig."

Tarnus und Wiebke saßen noch am Küchentisch, über ihre irdenen Schüsselchen gebeugt, da klopfte es an der Ladentür. Danach ertönte die Glocke. Tarnus schob noch einen Löffel der Mittagsspeise in den Mund, dann stand er auf. „Bleib sitzen, Wiebke", nuschelte er mit vollem Mund, „das könnte ein Bote von Gevatter Bensheim sein." Er schluckte herunter und ging in den Ladenraum. Doch statt eines Boten von Bensheim stand ein Kunde im Laden, der Schuhe kaufen wollte. Tarnus kannte den Mann, es war ein Reepschläger aus der Nachbarschaft. So handelte er nur zum Schein und ließ dem Mann die Schuhe zu einem moderaten Preis. Er verabschiedete den Kunden und steckte den Erlös in seinen Säckel. Dann kehrte er in die Küche zurück, um die Reste seines Mittagessens zu verzehren, doch da ging die Glocke erneut und ein Büttel des Hohen Rates trat ein, diesmal ein anderer als zuvor. Kurz angebunden und geschäftsmäßig erklärte er Tarnus, der Rats- und Gerichtsherr von Bensheim erwarte ihn in einer halben Stunde auf dem Rathaus. Tarnus bedankte sich und geleitete den Mann zur Tür.

Tarnus trat durch die Eichentür in die Amtsstube, die ihm schon bekannt war, und sah Bensheim hinter seinem Schreibpult stehen. Seine ansonsten rötlichen Bäckchen glühten jetzt und er wirkte angespannt.

„Schön, dass ihr da seid, Tarnus. Was habt ihr zu berichten?" Doch dann unvermittelt: „Furchtbar, diese Arbeit als Gerichtsherr. Aber was sollte ich machen? Alle zwei Jahre wird neu gewählt und ablehnen konnte ich nicht – weder die Kandidatur noch die Wahl. Es ist nun einmal so, auf ein Mitglied des Hohen Rates kommen weitere Verpflichtungen zu. Furchtbar", Bensheim schüttelte sich, „gerade noch dieses hochnotpeinliche Verhör. Stellt euch vor: ein Kindsmörder. Erst stritt er alles ab und nichts wollte er getan haben, obwohl er doch auf frischer Tat ertappt worden war. Doch wenig später gestand er uns grinsend seine Mordlust. Furchtbar", wiederholte Bensheim noch ein weiteres Mal und erschauerte.

„Wenn es euch im Augenblick nicht recht ist", sagte Tarnus leise, „ich kann gerne wiederkommen und euch ausführlich berichten."

„Doch, alles ist mir recht", warf Bensheim ein. „Aber ich bitte euch, fasst euch kurz, gleich wird ein Amtsdiener kommen und mich holen. Das Gericht wird sich zusammensetzen und das Strafmaß besprechen. Nun", Bensheim hob eine Hand. „Das

Strafmaß ist eigentlich völlig klar, aber ich will durchsetzen, dass in diesem Fall die Hinrichtung nicht öffentlich ist. Kein Volksfest, es wird ja kein Sieg über Piraten gefeiert. Keine Öffentlichkeit für einen solchen Mann, Aufhängen und Verscharren!" Bensheims Hand fiel schwer auf sein Schreibpult.

Tarnus stutzte. So hatte er Bensheim noch nie kennengelernt. Das Widerwärtige des soeben Erlebten schien auf ihm zu lasten. „Ich habe zwei Männer belauscht, die mit den Gerüchten über die Gelbe Drohne zu tun haben", sagte er.

„Und was habt ihr realiter über die Gelbe Drohne herausgefunden?", fragte Bensheim stattdessen. „War das nicht der Auftrag?"

„Nicht ganz", beschwichtigte Tarnus. „Der Auftrag lautete, auf alles, was mit der Gelben Drohne zu tun hat, zu achten. Kurz: Informationen jedweder Art zusammenzutragen. Und da bin ich fündig geworden. Ich kenne jetzt zumindest zwei Männer, die aktiv mit der Ausbreitung von Gerüchten über die Gelbe Drohne zu tun haben."

„Gerüchte sind mir auch schon zu Ohren gekommen, und zwar mehr, als mir lieb sind. Möglicherweise sind die aber am Kattrepel noch nicht angekommen. Ich wüsste nur zu gern, wo mein Schiff ist. Wisst ihr, dass da ganz viel auf dem Spiel steht? Da geht es um die Umlandfahrt, die Schonenfahrt und die Livlandfahrt: Da geht es um meine gesamte geschäftliche Existenz."

Tarnus konnte nicht folgen. Er wollte antworten, etwas Ruhiges und nicht Verletzendes sagen, etwas, was die Situation entspannte. Bensheim stand bezüglich seines Schiffes ohnehin unter Druck, und dazu noch diese Arbeit als Gerichtsherr! „Herr von Bensheim", begann er, doch da klopfte es an der Tür. „Herein", rief Bensheim.

Ein Amtsdiener trat ein und berichtete, das Gericht wolle sich zusammensetzen.

„Gut", sagte Bensheim und zog die Schultern hoch, „dann soll es sein." Er setzte sich in Marsch, um dem Amtsdiener zu folgen, doch dann verharrte er einen Moment auf Höhe von Tarnus und legte seinen Arm kurz auf dessen Schulter. „Ich denke, in zwei Stunden ist alles hier erledigt. Aber dann werde ich Ruhe brauchen. Kommt morgen früh zu mir und wir besprechen alles Weitere nach einem hoffentlich erholsamen Nachtschlaf. Ihr wisst doch, wo ich wohne?"

„Natürlich", sagte Tarnus beruhigend.

Nachdenklich verließ Tarnus das Rathaus und setzte sich in Bewegung. Bensheims Anspannung war unübersehbar gewesen. Vielleicht hatte er sich am nächsten Morgen wieder gefasst, vielleicht war es ihm dann möglich, wieder zuzuhören und klare Gedanken zu fassen. Die Luft draußen tat Tarnus gut: ein frischer Wind aus Nordwest, der Seeluft brachte. Aber er selbst war auch betreten. Hier die Kunde von einem Kindsmörder, um dessen Aburteilung es ging, dort das Bild von Wiebke, wie sie, die Hände auf ihren Leib gelegt, ganz in sich versunken dagestanden hatte – wie nah lag das alles im Augenblick beieinander! Tarnus blieb stehen. Sein Weg hatte ihn ohne eigenes Nachdenken in die Richtung des Kattrepels geführt. Was war am heutigen Tag noch zu tun? Vielleicht noch einmal in den Reeperdaddel? Dort waren um diese Zeit sicherlich noch nicht viele Gäste anwesend. Vielleicht ergab sich die Möglichkeit, am Tresen stehend, den Schankwirt in ein Gespräch zu verwickeln. Es begann zu dämmern und leichter Nieselregen setzte ein. Aus Gewohnheit griff Tarnus nach der Schnur seines breitkrempigen Hutes, um sie fester zu ziehen. Dann hielt er inne. Nein – in diesem Aufzug konnte er nicht in den Reeperdaddel gehen. Als feiner Herr mit Hut konnte er dort nicht aufkreuzen. Außerdem war er am Vorabend mit tief ins Gesicht gezogener Gugel erschienen. Irgendjemand würde die Maskerade durchschauen. Tarnus beschloss, erst zu seinem Laden zu gehen und sich umzuziehen. Vielleicht hatte Wiebke auch etwas zum Abendessen bereitgestellt. Von der Schweinebacke mit Pastinaken könnte noch etwas vorhanden sein, aber auch ein paar Löffelchen Haferbrei wären nicht zu verachten.

Tarnus stand am Tresen im Reeperdaddel, die Gugel ins Gesicht gezogen und trank einen letzten Schluck aus seinem Bierkrug. Zuvor hatte er in seinem Laden den Hunger mit Haferbrei gestillt, obgleich Wiebke ihm auch noch ein Schüsselchen bereitgestellt hatte, gefüllt mit den Resten von Schweinbacke und Pastinaken. Aber das hatte Tarnus nicht angerührt, sondern es für Wiebke übriggelassen. Wann würde sie sich ihm anvertrauen?

„Noch ein Bier?"

„Ja, natürlich." Tarnus kam in die Wirklichkeit zurück. Er musste sich konzentrieren, er ging schließlich wichtigen Geschäften nach.

„Wohlsein." Der Wirt schob den wieder gefüllten Bierkrug zu Tarnus hin.

„Danke." Tarnus zog ein paar Münzen aus seinem Säckel und legte sie auf den Tresen.

„Wie findest du das Bier?", fragte der Wirt, während er die Münzen einsammelte.

„Wirklich gut", antwortete Tarnus. So ganz stimmte es nicht, aber das heutige Bier war in der Tat um Längen besser als das gestrige.

„Neue Lieferung", sagte der Wirt nicht ohne Stolz. „Habe lange handeln müssen."

„Und wo hast du das Bier her?"

„Betriebsgeheimnis." Der Wirt senkte seine Stimme.

„Kein Problem damit." Tarnus zog einen Finger durch die Schaumkrone seines Bieres und leckte ihn ab. „Gut, wirklich gut."

Der Wirt ließ seine Blicke durch den im Augenblick noch mäßig gefüllten Schankraum schweifen und gab Befehle an seine Schankmädchen. „Auf Tisch fünf geht das Bier aus. Der Herr an der sieben hat keinen Wein mehr."

Tarnus wurde immer klarer, dass der Wirt dieses zwielichtigen Schankhauses ein wohlorganisiertes Unternehmen leitete.

„Wenn du es genau wissen willst", flüsterte der Wirt in Tarnus' Richtung, „es ist feinstes Exportbier."

„Schmeckt man", gab Tarnus zurück.

„Natürlich Remittendenware", schränkte der Wirt ein. „Hat einer von den feinen Gasthöfen nicht abgenommen. Die Gerste wäre überröstet. Schmeckt man aber nicht. Ich habe dem Brauherrn einen großen Gefallen getan, ihm sozusagen aus der Patsche geholfen."

„Respekt." Tarnus nickte anerkennend. Über die Verhandlungs-bedingungen für den Brauherrn wollte er besser nicht nachdenken. Er trank einen Schluck. „Richtig gut – und das mit der Gerste schmeckt man wirklich nicht."

„Sag ich doch." Ein zufriedenes Lächeln ging über das Gesicht des Wirtes. Er schob einem der Schankmädchen drei gefüllte Krüge mit Bier über den Tresen hin: „Dreimal für Tisch fünf." Dann füllte er einen Becher mit Wein: „Der Wein für die sieben." Zuletzt sprach er das Mädchen mit gesenkter Stimme an: „Der da am Ecktisch, der könnte was für Kathrin sein."

Tarnus blickte sich unauffällig um. In der Tat saß an dem Tisch, an dem er tags zuvor den Gaukler und den Spinnenfingrigen gesehen hatte, ein junger Mann, der schwer betrunken schien. Tarnus wendete sich wieder seinem Bierkrug zu, doch als er sich wenig später noch ein weiteres Mal umwandte, sah er an der Seite des jungen Mannes eine leichtbekleidete Hure, die auf diesen einsprach und wenig später mit ihm den Schankraum verließ.

Tarnus trank sein Bier aus. Es wurde Zeit, nach Hause zu gehen. Morgen früh hatte er einen Termin bei Bensheim. Außerdem war es besser, jetzt zu gehen. Die Luft im Reeperdaddel wurde langsam wieder stickig und die Gäste, jetzt mehr an Zahl, wurden lauter und derber. Auch der Tresen war jetzt stärker besetzt, doch neben Tarnus war noch ein freier Platz. Der Wirt schob Tarnus einen gefüllten Bierkrug hin. Mit leiser Stimme, unhörbar für die anderen Gäste am Tresen, sagte er: „Geht aufs Haus."

„Da sage ich nicht nein", flüsterte Tarnus und lächelte. Er nahm den Krug und trank einen Schluck. „Das muss ich sagen, du bist wirklich nett und du bist auf Zack."

„Ja, auf Zack, das bin ich wohl." Der Wirt grinste erfreut. „Muss man auch sein, sonst geht man unter. Aber ich sage dir, beschränk dich auf das, was du kannst. Verzettele dich nicht. Bier, Wein und Frauen, das ist mein Kerngeschäft und das ist genug."

„Sag mal, kriegt der Mann etwa Freibier von dir?", krähte ein Gast von einem Stehtisch her.

„Schon mal was von Vorkasse gehört, du Daddel?", brüllte der Wirt zurück.

Lachend kam es vom Stehtisch zurück: „Nun hab dich nicht so, war nur ein kleiner Scherz."

„Du warst schon geistreicher, nimm lieber noch ein Bier." Die Stimme des Wirtes trug.

Tarnus hörte sich das Gespräch an und sah dem Wirt beim Zapfen des Bieres und dem Einschenken des Weines zu. Zuletzt trank er sein Bier aus und verabschiedete sich. „Ich muss dann mal."

„Alles klar, dann mach's gut. Kommst du mal wieder auf'n Klönschnack?"

„Gerne", sagte Tarnus. Er bahnte sich den Weg durch den Schankraum zur Eingangstür. Schon fast draußen, wurde er von einer Hure angesprochen: „Na, Süßer, hättest du ein paar Minuten für mich? Auf dem Flur kostet es zwei Witten ..." Tarnus unterbrach die Frau. „Min Deern, du bist doch die Aphrodite." Er fasste der Frau unter das Kinn. „Sei mir nicht böse, ich will nach Hause in mein eigenes Bett. Aber wenn mir danach ist, werde ich nach dir fragen."

Aphrodite nahm es nicht krumm. „Dann ein anderes Mal." Sie schob ab.

Tarnus trat auf die Straße und atmete die klare Nachtluft. Der Nieselregen hatte aufgehört, die Wolken hatten sich verzogen und mildes Mondlicht erhellte die Gegend. Tarnus musste dem getrunkenen Bier Tribut zollen. Er verspürte Druck und erleichterte sich an einem Bretterzaun. Gerade war er dabei, seinen Hosensack zu schließen, da verspürte er einen Schlag auf den Hinterkopf. Schemenhaft sah er eine Person sich hastig entfernen, dann sackte er zusammen und verlor das Bewusstsein.

Tarnus erwachte früh, noch vor der Dämmerung. Ihm brummte der Schädel. Unwillkürlich fasste er sich an den Kopf: Am Hinterkopf erspürte er eine große Beule. Er leckte im Dunkeln an seinen Fingern: Er konnte kein Blut schmecken. Dann tastete er sich aus seiner Kammer zur Küche hin und entzündete an der Glut des Ofens eine Tranlampe. Nochmals tastete er seinen Hinterkopf ab und betrachtete seine Finger in dem Licht der Tranlampe: Gottseidank immer noch kein Blut! Tarnus schüttelte den Kopf. Was hatte es mit diesem Vorfall am gestrigen Abend auf sich gehabt? Als er wieder auf die Beine gekommen war, hatte er seine Kleidung abgetastet: Nichts hatte gefehlt, sein Säckel war noch vorhanden und all die anderen Sachen auch, die er in den Taschen hatte. Mühsam hatte er sich nach Hause geschleppt und sich alsbald zu Bett gelegt, nicht ohne die Tür verrammelt zu haben. Das war kein Raubüberfall gewesen, irgendetwas anderes musste dahinterstecken! Tarnus nahm die Tranlampe und ging in den Ladenraum zu seinem Sekretär. Vor diesem nahm er Platz und starrte aus dem Fenster. Langsam setzte die Dämmerung ein. Wie blöd konnte man doch sein, sich irgendwo zu erleichtern und sich nicht vorher umzusehen, dazu noch auf dem Kattrepel! Nun gut, er hatte offensichtlich Glück gehabt. Jetzt galt es, den heutigen Tag zu planen. Tarnus strich sich über sein Kinn: Vor dem Besuch bei Bensheim musste er unbedingt bei Hannes dem Bader vorbeisehen und sich rasieren lassen. Bensheim nahm derlei Angelegenheiten eigentlich nicht wichtig, aber er, Tarnus, konnte einen derartig hochgestellten Herrn, dazu noch aus der Reichenstraße, als Gast nicht brüskieren. Dazu galt es noch, sich mit Hut und Mantel zu kleiden wie auf dem Gang zum Rathaus.

III

Langsam wurde es hell. Tarnus, inzwischen besuchsfertig angezogen, sinnierte vor sich hin, da klopfte es an die Ladentür. Das konnte Wiebke sein. Tarnus stand auf. Er räumte die Stühle beiseite, die er gegen die Tür gestellt hatte, und öffnete die Ladentür um eine halbe Elle. Den Fuß behielt er in der Tür. Wiebke stand vor der Tür. „Ist was?"

„Komm rein." Tarnus gab die Tür frei und ließ Wiebke eintreten. Kurz umriss er sein Erlebnis vom Vorabend, aber abwiegelnd. Er wollte Wiebke nicht beunruhigen. „Danach habe ich die Ladentür verrammelt, aber es war vielleicht etwas übertrieben." Wiebke sah Tarnus nachdenklich an: „Meister, ihr begebt euch nicht selten in Gefahr. Passt auf euch auf! Ich kenne euch. Immer, wenn ihr so erzählt, dann geschieht das, um nicht zu beunruhigen. Aber um mich müsst ihr euch keine Sorgen machen. Ich bin hier die Magd, auch wenn es auf dem Kattrepel ist. Ich führe euren Laden, wenn ihr nicht da seid, ich verkaufe Waren und ich besorge die Küche. Aber das ist immer über Tag. Mir wird schon nichts passieren. Zur Not kann ich auch laut schreien. Sagt, meint ihr nicht, dass dieser Überfall mit euren anderen Tätigkeiten zusammenhängt, den Botengängen, wie ihr es nennt, dem Spähen?"

Tarnus winkte ab. „Wiebke, ich mache diese Gänge ab und zu, aber das sollten wir nicht so hochhängen."

Aber Wiebke hatte noch etwas anderes auf dem Herzen: „Meister, ich muss euch etwas sagen."

„Schieß los, Wiebke."

„Meister, ich habe die Ausschuss-Ware immer dann, wenn ihr nicht da wart, repariert und nach und nach verkauft. Und gestern Nachmittag habe ich den letzten Rest verkauft. Wisst ihr, was wir eingenommen haben? Fünf Witten und ein bisschen Kupfer. Ist das nicht toll?" Ehrlicher Stolz lag auf Wiebkes Gesicht.

„Toll, Wiebke", brummte Tarnus. Eigentlich hatte er andere Mitteilungen erwartet. Er wusste im Augenblick nicht, was er antworten sollte. Spontan sagte er: „Kann ich dir einen Wunsch erfüllen?"

„Das habt ihr schon getan", antwortete Wiebke. „Ihr hattet mir das Nachtgewand geschenkt und wir hatten vereinbart, dass ich die Ausschuss-Ware reparieren und verkaufen sollte für unseren Laden. Außerdem brauchen wir wieder Holz. Hafer und Honig müssen auch eingekauft werden, und wenn noch etwas von dem Geld übrigbleiben sollte: Ein neuer Topf wäre auch gut."

„Dann besorge die Sachen", sagte Tarnus. Aber Wiebke hatte noch mehr auf dem Herzen: „Meister, gestern hatte ich euch noch ein Schälchen mit Schweinbacke und Pastinaken bereitgestellt. Warum habt ihr das nicht gegessen?"

„Das Schälchen wollte ich für dich lassen", sagte Tarnus. „Sozusagen die Reste von unserem Festmahl für dich. Ich habe ein paar Löffel von dem Haferbrei genommen. Der war übrigens auch sehr lecker."

Wiebke schüttelte den Kopf. „Das Schälchen ist für euch. Ich werde es euch heute Mittag warm machen."

„Wie du meinst." Tarnus wollte Wiebke nicht hineinreden.

„Haferbrei mit Honig ist mir eigentlich am liebsten", meinte Wiebke. „So ein Festmahl mit Schweinebacke und Pastinaken ist schön, aber auf Dauer ist es mir zu viel des Guten. Da geht es ja hier zu wie in einem Haus an der Reichenstraße, aber ich lebe doch mit Geerd zusammen, wenn er da ist. Und da können wir uns nicht jeden Tag so etwas erlauben."

„Du hast völlig recht." Tarnus stand auf. „Wiebke, ich muss los, erst zum Bader, der muss mich rasieren, das ist dringend nötig. Und dann habe ich noch ein Gespräch." Er setzte den breitkrempigen Hut auf.

„Passt auf euch auf, Meister", wiederholte Wiebke mit weit geöffneten Augen.

Bei Hannes dem Bader war es um diese Zeit noch recht leer. Kein Wunder, die Bürgersleute trafen sich hier erst später, in der Regel ab der Mittagszeit – zum Kartenspiel, zum Bad oder zu einer leichten Speise, sofern sie diese nicht zu Hause einnahmen. Am frühen Morgen war Hannes in der Regel unterwegs, sei es zum Bart- oder Haareschneiden bei einem Menschen, der nicht mehr in Hannes' Baderstube kommen konnte, sei es zum Aderlass oder anderen Tätigkeiten, die einen guten und praktischen Chirurgicus und nicht einen studierten Medicus erforderten. Tarnus sah sich in der großen Stube um, die sich an den Eingang anschloss. Eine Magd, eine hölzerne Bütte in der Hand, sprach ihn an. „Meister Tarnus, wollt ihr zu meinem Herrn?"

„Gewiss", sagte Tarnus. „Eine Rasur, ein kurzes Gespräch, und schon bin ich wieder weg."

„Ich werde alles vorbereiten." Die Magd mit der Bütte, eine weiße Schürze über dem Kleid, verschwand in einem der Baderäume. Hannes führte ein Haus von untadeligem Ruf. Keine leichten Mädchen, keine Gelage.

„Tarnus, das ist ja eine Freude, dich zu sehen." Der Bader erschien und klopfte Tarnus, ehrlich erfreut, auf die Schulter. „Wie ich sehe, hast du eine Rasur dringend nötig."

„Schön, dass du das siehst", entgegnete Tarnus lachend. „Deine Magd weiß schon Bescheid und will alles richten."

„Komm, gehen wir in einen leeren Baderaum. Da lässt es sich gemütlicher plaudern. Der Stuhl da ist zwar nicht so angenehm wie ein Rasierstuhl, aber du weißt ja, wie man den Kopf hält." Hannes geleitete Tarnus in eine Stube, in der ein großer Badezuber stand, davor ein Stuhl mit hölzernen Lehnen, die mit Blumenmotiven bemalt waren.

„Setz dich, ich hole nur eben die Rasiersachen, dann kann ich gleich loslegen." Doch da trat die Magd schon ein und brachte Messer, Rasierpinsel und eine Seifenschale, dazu ein frisches Handtuch. Hannes bedankte sich, doch er schwieg, bis die Magd die Tür wieder hinter sich geschlossen hatte. „Warte, ich seife dich eben ein und dann erzählst du mir, was du im Augenblick treibst. Ein spannender Fall?"

„Spannend allemal", nuschelte Tarnus, denn Hannes hielt schon das Rasiermesser in der Hand. „Aber ich muss absolute Diskretion walten lassen. Und ich habe Stillschweigen versprochen."

„Weih", sagte Hannes in der Sprache seiner Heimat, ein Ausdruck der Überraschung. Hannes der Bader, eigentlich Nikolaus Johannes, kam ursprünglich aus Livland und hatte sich, Tarnus gleich, in diese Stadt verirrt, wo er dem soliden und einträglichen Gewerbe eines Baders nachging. Hier hatte er auch eine Familie gegründet.

„Ja, ich erzähle es dir ganz bestimmt, wenn alles vorbei ist", nuschelte Tarnus weiter.

„Den Kopf etwas zurück." Hannes umfasste Tarnus' Kopf und drückte diesen zurück.

„Au, du tust mir weh." Tarnus zuckte ein wenig. „Und jetzt hast du mich noch geschnitten."

„Wenn du plötzlich zuckst." Hannes legte sein Rasiermesser ab. „Hättest mir auch sagen können, dass du eine Beule am Hinterkopf hast. Warte, ich hole eben den Alaunstein, um den Kratzer am Kinn zu behandeln."

„Nicht nötig", befand Tarnus.

„Wohl nötig. Wie sieht es denn aus, wenn ein Kunde mit Blut am Kinn diesen Laden hier verlässt? Das ist schlecht fürs Geschäft." Der Bader verschwand für einen kurzen Augenblick. „So, kein Blut mehr und den Kratzer kann man auch nicht mehr sehen." Hannes legte sein Rasiermesser endgültig ab. Mit einem Handtuch wischte er den Rasierschaum von Tarnus' Gesicht. „Nun zu deiner Beule." Er untersuchte Tarnus' Hinterkopf. „Interessant, interessant."

„Ein kleiner Hieb." Tarnus erzählte, wie die Beule zustande gekommen war. „Ich denke, ich habe Glück gehabt, denn ich hatte die Kapuze meiner Gugel über dem Kopf. Wahrscheinlich hat der Übeltäter eine Latte von dem Zaun benutzt, an dem ich mich erleichtert hatte. Alles in allem hätte ich besser aufpassen müssen."

„Ein Hieb mit einem stumpfen Gegenstand ohne Verletzung der Kopfhaut. Das kann kein Metall sein. Ich denke, ein rundes Stück aus Holz, aber keine Latte." Hannes pfiff durch die Zähne. „Tarnus, solche Prellmarken habe ich schon öfter gesehen. Aber nicht hier, sondern in meiner Heimat in Livland. Nimm eine Kugel aus nicht zu schwerem Holz, sagen wir Linde oder Weide, bohre mittig ein Loch und ziehe durch dieses Loch eine Reepschnur hindurch. Dann verknote diese etwa eine Elle von der Kugel entfernt. Du kannst auch noch eine Schlinge anknüpfen, dann führst du die Kugel noch besser."
„Und wozu?" Tarnus verstand nicht sofort.
„Mensch, Tarnus", Hannes wurde eifrig, „ich erkläre dir gerade, wie man ein Werkzeug baut, das geeignet ist, Leute niederzustrecken."
„Das geht mir zu schnell, ich verstehe immer noch nicht."
„Du nimmst die Reepschnur, an der die Kugel hängt, in die Hand. Dann schwingst du die Kugel im Kreis und Bumm, trifft sie den Kopf deines Opfers. Und schnell lässt du die Kugel samt

Reepschnur in der Tasche verschwinden." Hannes machte es mit seinen Händen vor. „Dieses Werkzeug, nennen wir es besser Waffe, nennt man Öseler Kugel oder Öseler Keule. Ösel ist die Insel, die du südlich umfahren musst, um in meine Heimatstadt Pernau zu gelangen."

„Pernau, ja natürlich." Tarnus tat belustigt. „Ich weiß, Reval, Riga und Pernau, das sind die drei großen Hafenstädte in Livland. Und du hast mir auch schon erklärt, dass Pernau der Hafen ist, der weitestgehend eisfrei ist. Und jetzt noch die Öseler Kugel – Hannes, ich bin dir dankbar. Was hast du mich doch alles an livländischer Heimatkunde gelehrt!" Doch dann wurde er wieder ernst. „Hannes, wer macht so etwas?"

„Nun ja", antwortete Hannes, „zunächst muss ich zugeben, dass an meiner Interpretation der Prellmarke etwas Spekulatives bleibt, obwohl ich mir relativ sicher bin. Aber wer so etwas macht? Mensch, Tarnus, das müsstest du doch viel besser wissen als ich, du bist doch der Criminalicus. Für mich ist Folgendes wichtig: Mit einer solchen Kugel kannst du einen Gegner außer Kraft setzen, ohne ihn schwer zu beschädigen oder gar zu töten. Natürlich kannst du auch mehr anrichten, aber das liegt an der Kunst, wie du die Kugel schwingst. Denk jetzt einfach mal an deinen Fall: Du hängst diesen Überfall nicht an die große Glocke, sondern gibst dir die Schuld: Du warst nicht aufmerksam genug und jetzt hast du eine Beule am Hinterkopf, ein Betriebsunfall eben. Aber der Grat zwischen einem Betriebs-unfall und einem Mordversuch ist schmal." Der Bader hielt einen Augenblick inne. „Vielleicht geht mir auch die Fantasie durch und ich will dich auf keinen Fall beunruhigen, aber eines sage ich dir, Tarnus, pass auf dich auf. Bitte", fügte er noch hinzu.

Tarnus erhob sich von dem blumenbesetzten Lehnstuhl. „Danke, Hannes, ich habe viel gelernt."

Geschäftsmäßig überprüfte Hannes Tarnus' Kinn. „Alles in Ordnung. Und wenn du das nächste Mal mit einer Beule kommst, sagst du das sofort, ich will meinen Ruf nicht aufs Spiel setzen. Wann habe ich zuletzt Alaun benutzen müssen? Wohl in meiner Lehrzeit."

„Mach ich", versprach Tarnus. „Und ich werde demnächst besser aufpassen."

„Eines noch", fügte Hannes hinzu, „wenn du wieder einmal auf nächtlicher Erkundigungstour bist, solltest du einen Arm umwickeln."

„Was?"

„Weißt du, wie man einen Arm umwickelt, wenn man einen Hund abrichtet?", fragte Hannes.

„Davon habe ich schon gehört", sagte Tarnus. „Du meinst als Schutz vor der Öseler Keule?"

„Genau", antwortete Hannes. „Stoff zum Umwickeln wirst du ja wohl genug haben." Er geleitete Tarnus zur Tür.

Von Hannes' Badehaus bis zu Bensheims Haus in der Reichenstraße waren es nur wenige Schritte. Tarnus ließ sich Zeit. Hannes war, auch wenn er es nicht hatte zeigen wollen, ehrlich besorgt gewesen. Zufall? Geplante Tat? Das konnte keiner sagen. Aber immerhin hatte dieser nächtliche Überfall schon dafür gesorgt, dass Tarnus sich in seinem Laden am Kattrepel verrammelt hatte. Er musste diesen nächtlichen Überfall so schnell wie möglich aus dem Kopf bekommen. Brenzlige Situationen hatte er doch schon mehr als genug gemeistert. Wie hatte Hannes doch Tarnus in seiner Rolle als Späher benannt? „Criminalicus", was für ein schöner Ausdruck.

Der Herr würde so bald wie möglich kommen, hatte die Magd, die ihm die Türe geöffnet und ihm Mantel und Hut abgenommen hatte, gesagt und Tarnus in die gute Stube geleitet. Er möge sich setzen und einen Moment warten. Wenig später war sie mit einem Krug frischen Bieres zurückgekommen und hatte es vor Tarnus hingestellt, der sich an den großen Tisch gesetzt hatte. „Zum Wohle."

Tarnus trank einen Schluck. Das war wirklich ein gutes, süffiges Exportbier der allerfeinsten Qualität! Damit konnte selbst Dörte Hendriksen, die in ihrem Brauhaus ein wirklich respektables Bier braute, nicht mithalten. Tarnus stellte seinen Krug ab und wischte sich den Schaum vom Mund. Es tat gut, einen Moment ruhig sitzen zu können, denn der Schädel begann wieder zu brummen und eine gewisse Anspannung machte sich bemerkbar: Er wusste nicht, in welcher Stimmung er Bensheim antraf. Doch Tarnus' Gedanken wurden unterbrochen: Der Hausherr trat ein, jetzt wieder der ältere, jovial wirkende Herr mit rötlichen Bäckchen und Bauch wie gewohnt. Er begrüßte Tarnus: „Schön, dass ihr gekommen seid", und schüttelte ihm die Hand. „Verzeiht, wenn ihr warten musstet, aber ich hatte noch ein Gespräch in meinem Kontor."

„Hättet ihr mich nicht warten lassen", sagte Tarnus, „wäre ich nicht in den Genuss eures exzellenten Exportbieres gekommen." „Das hättet ihr ohnehin bekommen", lachte Bensheim, „seht, ich werde auch einen Krug zu mir nehmen. Da kommt schon meine Magd." Er bedankte sich bei der Magd, während diese sich zurückzog. Dann trank er einen Schluck Bier und setzte den Krug auf den Tisch zurück. „Wenn euch das Bier schon so gut schmeckt, ist das aber nichts gegen meinen Met. Ich habe mir ein paar Fässer eines ganz alten Rigaer Mets kommen lassen. Was heißt kommen lassen?", Bensheim erheiterte sich. „Ich beliefere mich ja selbst. Wenn wir die Krüge geleert haben, dann lasse ich meine Magd die hohen Gläser bringen und wir trinken ein Glas wie der Großmeister weiland auf der Marienburg." Dann wurde er ernst und wirkte wieder angespannt: „Also ihr kennt zwei Männer, die mit der Ausbreitung von Gerüchten über die Gelbe Drohne zu tun haben?"

Tarnus, über die plötzliche Wendung des Gesprächs verwundert, bejahte und beschrieb den Gaukler und den spinnenfingrigen Mann mit Hakennase und verfärbten Fingerkuppen, wie er sie im Reeperdaddel belauscht hatte. „Den Gaukler habe ich auch noch zweimal auf dem Markt gesehen, wo er seine Kunststücke aufführte. Den anderen habe ich zuvor noch nie gesehen."

„Merkwürdig." Bensheim schüttelte den Kopf. „Der Gaukler wird ein armer Schlucker sein, der Aufträge ausführt, sozusagen die Arbeit in der Öffentlichkeit. So etwas wird ihm ohnehin liegen. Aber der andere – so jemanden kann man doch ganz leicht erkennen und beschreiben. Der muss von auswärts kommen. Vielleicht ist es der Mann, der im Hintergrund die Fäden in der Hand hält, vielleicht auch nur ein Mittelsmann."

„Könnt ihr euch einen Reim auf seine dunkel verfärbten Finger-kuppen machen?", fragte Tarnus.

„Vielleicht ein Tintenkleckser", antwortete Bensheim, „ist das denn wichtig? Tarnus, die Gerüchte über die Gelbe Drohne schießen ins Kraut, vielleicht nicht bei euch auf dem Kattrepel, aber in den Kreisen der Handelsherren. Immer wieder werde ich auf die Gelbe Drohne angesprochen und ob in der Jammerbucht etwas passiert wäre. Natürlich sage ich dann, dass eine angespülte Kiste noch gar nichts sagt, aber das Gerücht hält sich."

„Zumal eine Kiste sowieso in die Hände von Strandräubern gekommen wäre", wandte Tarnus ein.

„Darauf bin ich schon selbst gekommen", sagte Bensheim nicht ohne Schärfe. „Tarnus, wir kommen nicht weiter."

„Soll ich nach Lübeck fahren, um Erkundigungen über die Gelbe Drohne einzuholen? Oder gebt mir einen Ewer mit zwei

Seeleuten und ich fahre bis zu den Inseln oder bis Husum, um mich umzuhören."

„Das ist längst passiert, Tarnus. Zwei Leute sind unterwegs, einer nach Lübeck, einer die Küste hoch nach Tönning, darum habe ich mich schon gekümmert, aber hier in Hamburg passiert nichts. "

„Immerhin kennen wir zwei Leute, die mit der Sache zu tun haben", beschwichtigte Tarnus.

Bensheim sprach schneller: „Das ist aber auch alles. Tarnus, verabschiedet euch vom Kattrepel, das scheint mir genau die Gegend zu sein, in der wir nicht fündig werden. Streift durch Hamburg, krempelt die Stadt um, geht dem Gaukler nach, sucht nach dem Mann mit den Spinnenfingern, beobachtet beide und sucht ihre Unterkunft. Hört euch auf dem Markt nach der Gelben Drohne um – insgesamt, ändert eure Methodik." Bensheim trank einen Schluck Bier. Wieder ruhiger wandte er sich an Tarnus. „Seht, Tarnus, ich bin euch sehr verbunden und ihr habt euch wirklich um mich und meine Geschäfte verdient gemacht, aber im Augenblick ist euch Fortuna nicht hold."

„Ihr habt völlig recht, Herr von Bensheim", sprach Tarnus. Es hatte keinen Zweck, jetzt mit Bensheim über Methodik oder Planung zu diskutieren. Er musste das Gespräch in ruhigem Fahrwasser halten und versuchen, so viele Informationen wie eben möglich zu erlangen. „Eure Idee ist gut. Ich werde euer Vertrauen nicht enttäuschen und ich werde Hamburg umkrempeln. Das ist sicher. Aber eine Frage hätte ich noch: Habt ihr Feinde in der Kaufmannschaft?"

Bensheim wiegte seinen Kopf: „Wir alle sind Kaufleute. Und da ist es doch normal, dass der eine oder andere einen Auftrag an Land zieht, weil er besser informiert ist oder den anderen ausgestochen hat. Aber das ist das normale Geschäft. Nein, ich wüsste nicht, dass da jemand wäre, der mir von Grund auf schaden will."

„Bei einem früheren Fall hattet ihr einmal Schwierigkeiten mit eurem Vetter."

„Ach, diese alte Geschichte." Bensheim winkte ab. „Wisst ihr, Tarnus, langsam werde ich es müde, an allen Fronten zu kämpfen. Trinken wir unser Bier aus und genehmigen uns noch einen Schluck von dem Rigaer Met."

„Wie viel Zeit habt ihr denn heute?", fragte Tarnus, „müsst ihr nicht aufs Rathaus?"

„Am Nachmittag erst." Bensheim bediente eine Glocke und die Magd trat ein. „Zwei Gläser von dem alten Met", orderte er.

„In den hohen Gläsern?", fragte die Magd.

„Den alten Met trinkt man aus hohen Gläsern", sagte Bensheim mit belehrendem Unterton, „den Tischmet aus kleinen Schenkgläsern."

„Dann werde ich die hohen Gläser bringen." Die Magd knickste und verließ die Stube.

„Sie ist erst zwei Monate hier", entschuldigte Bensheim, „da ist man noch nicht so sattelfest."

„Ich finde, sie hat gut zurückgefragt. Im Grunde wusste sie ja auch Bescheid. Aber mit den Gläsern zum Met ist das ja eine Wissenschaft für sich."

„Man muss auf Stil und Form achten, wenn man in diesem Geschäft tätig ist", sagte Bensheim. „Glaubt ihr, ich wäre sonst so erfolgreich gewesen?"

„Keinesfalls", entgegnete Tarnus.

Die Magd trat wieder ein, ein Tablett in der Hand. „Hier sind die Gläser mit dem alten Met." Sie stellte vor jeden der Herren ein gut gefülltes Glas. Bensheim dankte und entließ die Magd. Dann hob er sein Glas: „Wohlsein."

„Dank euch, Herr von Bensheim." Tarnus hob gleichfalls sein Glas.

Bensheim trank einen Schluck. „Ah."

Tarnus trank gleichfalls einen Schluck. In der Tat, es war alter, starker Met. „Köstlich."

„Ja, die livländischen Metsieder verstehen ihr Handwerk. Eigentlich ist Met nicht mehr in Mode, heute trinkt man eher Wein, aber würdet ihr auf einen solchen Trunk gern verzichten?" Tarnus schätzte die Kosten für ein Fass dieses Mets ab. Dann versuchte er eine neutrale Antwort. „Herr von Bensheim, ihr führt ein wirklich gastfreies Haus und kredenzt euren Gästen das Allerbeste eures Kellers. Und der Met ist mit Abstand der beste, den ich je getrunken habe."

„Das freut mich." Bensheim hob erneut sein Glas und trank es leer.

„Komme nach." Auch Tarnus hob sein Glas und leerte es. Es war Zeit, sich von Bensheim zu verabschieden, obwohl noch einige Fragen offen waren. Tarnus erhob sich. „Herr von Bensheim, ich danke für den freundlichen Empfang. Ich nehme an, ihr werdet euch jetzt zur Ruhe begeben, später wird ein wirklich anstrengender Nachmittag auf euch warten."

„Da habt ihr wohl recht." Bensheim erhob sich gleichfalls. „Bevor ich mich ein oder zwei Stündchen hinlege, werde ich noch einmal in der Küche vorbeisehen. Ein Kapaun ist im Rohr und Linsen sind auf dem Feuer. Vielleicht ein Flügel oder eine Keule davon, eine Kleinigkeit wohlgemerkt, und ein Schälchen mit Linsen, dazu ein kleiner Krug mit Exportbier – Tarnus, ich wäre ja so froh, wenn diese Angelegenheit vorbei wäre."

„Ich werde mein Bestes geben." Tarnus verabschiedete sich von Bensheim.

Tarnus trat auf die Reichenstraße hinaus. Er wich einem Ochsenkarren aus, der einige Fässer geladen hatte, vielleicht

Bier oder Met für einen der reichen Herren, die hier wohnten. Das Gespräch mit Bensheim war unbefriedigend verlaufen. Der hatte zwar den guten Gastgeber gegeben und Höflichkeit walten lassen, aber seine Unzufriedenheit gegenüber Tarnus' mangelnden Ergebnissen unverhohlen durchblicken lassen. Bensheims joviales Auftreten war sicherlich nicht gespielt, es gehörte zu seinem Wesen. Dadurch wurde er zu einem Verhandlungspartner, mit dem man gerne zusammenarbeitete. Aber Bensheim war auch ein Machtmensch, der in dieser Stadt viel bewegte. Tarnus beschloss, noch einmal im Badehaus von Hannes vorbeizugehen. Vielleicht konnte der ihm ein wenig auf die Sprünge helfen, was Bensheims Geschäftsmodell betraf.

In Hannes' Badehaus herrschte Hochbetrieb. Tarnus fragte bei einer Magd nach Hannes. „Fünf Minuten, mehr nicht", fügte er hinzu. Die Magd verschwand in einem der Baderäume. Wenig später kam sie zurück. „Setzt euch einen Moment in die große Stube. Ich werde euch einen Krug frischen Bieres bringen." Tarnus setzte sich auf eine Bank vor dem großen Tisch, der das Zentrum der großen Stube ausmachte. Zahlreiche Gäste saßen herum, der Geräuschpegel war recht hoch, aber noch angenehm, und die Luft war mit dezentem Bratengeruch angereichert. Da wurde gescherzt und gelacht, wiederum andere saßen sich gegenüber oder nebeneinander, in ein vertrauliches Gespräch vertieft und hie und da saßen Mann und Frau bei einer kleinen Mahlzeit beieinander. Tarnus bekam einen gut geschenkten Bierkrug hingestellt. Er dankte und probierte das Bier. Es war von guter Qualität, aber reichte natürlich nicht an das Bier aus dem Hause Bensheim heran. Hannes kam in die große Stube, nach rechts und links freundliche, aber flüchtige Konversation machend. Er begrüßte Tarnus genauso flüchtig. „Nimm dein Bier mit und geh schon einmal in die kleine Stube, in der wir heute Morgen waren. Dann wandte sich Hannes einem Mann zu, den Tarnus kannte, aber nicht zuordnen konnte. „Das ist mir aber eine Ehre …" Tarnus stand auf, nahm seinen Bierkrug und suchte die Stube auf, die Hannes ihm gewiesen hatte.

Wenig später trat Hannes ein und klopfte ihm auf die Schulter. „Tarnus, schön, dich so schnell wiederzusehen, aber bitte, mach es kurz."

„Ich habe schon gesehen, prominenter Besuch."

Hannes nickte. „Nun schieß schon los."

„Hannes", begann Tarnus, „ich bin ja schon lange in dieser Stadt. Aber vorwiegend räuchere ich in meinem Laden oder gehe irgendeiner Spähertätigkeit nach. Auf die Gefahr hin, dass ich mich lächerlich mache: Was gibt es Neues bei Umlandfahrt, Schonenfahrt und Livlandfahrt?"

„Also doch keine Diskretion wie heute Morgen?" Hannes lächelte. „Tarnus, dass du für Bensheim arbeitest, weiß ich doch längst. Und im Augenblick dürfte es um die Gelbe Drohne gehen. Aber meine Zeit ist knapp. Und jetzt versteh mich nicht falsch, ich will dich nicht examinieren, ich will nur wissen, wie weit ich ausholen muss. Du kennst die Umlandfahrt?"

Tarnus nickte: „Um Dänemark herum, dann durch den Sund und in die Ostsee."

„Schonenfahrt?"

„In die Gebiete südlich von Schonen fahren, das auf schwedischem Gebiet liegt, aber von Dänemark beherrscht wird. Dort sind die besten Heringsgründe. Also alles, was mit dem Hering zusammenhängt. "

„Livlandfahrt, besser gesagt, Handelsfahrt?"

„Kaufhandel mit Livland oder anderen Ostsee-Anrainern treiben", antwortete Tarnus.

„Gut." Hannes nickte. „Jetzt kurz und knapp: Bensheim will mit seinen Schiffen nicht mehr von Lübeck starten. Er will nicht mehr den Landweg von Hamburg nach Lübeck nehmen und erst dort mit dem Schiff ablegen. In Hamburg losfahren und in Hamburg ankommen, das ist sein Ziel. Das spart das Umladen, das spart Reibereien mit etwaigen Konkurrenten in lübischen Gefilden. Obwohl nach außen hin Einigkeit herrscht, Gedöns gibt es doch immer. Also rüstet Bensheim ein schnelles Schiff, das durch eine neuartige Takelage noch schneller wird, und nimmt den etwas längeren Seeweg in Kauf, zumal der Sund frei passierbar ist. Die Dänen würden zwar gern eine Sundsteuer nehmen und den Sund sperren, können es aber nicht, weil die Hanse den Sund zur Not mit Kriegskoggen freihält. Dagegen sind die Dänen im Augenblick noch zu schwach. Wichtig an Bensheims Geschäftsmodell ist Folgendes: Alles aus einer Hand. Die Kaufleute, die Bensheim Ware anvertrauen, brauchen sich um nichts zu kümmern. Sie liefern nur die Ware an und er kümmert sich um den Rest. Das bedeutet: Keine Schauerleute vorhalten, keine Fuhrleute und so weiter."

„Und Bensheim selbst vereinfacht die Handelswege zusätzlich", fügte Tarnus hinzu.

„Genau." Hannes nickte. „Bensheim denkt sehr fortschrittlich."

„Und du ungemein präzise. Hannes, du hast mir in ganz wenigen Minuten einen komplizierten Sachverhalt erklären können. Aber wie denken deine Gäste über die Gelbe Drohne? Ich denke, die Gerüchte dürften auch in deinem Haus die Runde machen."

„Natürlich, aber an dem Gerücht kann eigentlich nichts dran sein. Da sind sich alle einig. Doch wer dahintersteckt und welche Stoßrichtung dieses Gerücht haben soll, weiß keiner. Ob es Bensheim persönlich schaden soll oder seinem Geschäftsmodell, ob Rache dahinterstecken könnte oder ein beruflicher Neider, ob jemand daraus Profit schlagen könnte, alles ist möglich." Hannes hob die Hände. „So, Tarnus, jetzt setze ich dich vor die Tür. Trink dein Bier noch aus, aber wenn die Magd neues Wasser bringt, musst du gehen."

„Danke, Hannes", murmelte Tarnus, „vielen Dank für deine präzisen Ausführungen."

„Das sagtest du bereits." Hannes lachte. „Aber wenn ich nicht so präzise denken und arbeiten würde, meinst du, ich hätte es dann von einem einfachen Burschen aus Livland zu einem wohlbestallten Bader in dieser Stadt geschafft – vielleicht nicht der höchstgeachtete Beruf, aber immerhin ein sehr gut dotierter."

Nachdenklich verließ Tarnus Hannes' Badehaus. Er fühlte sich einerseits beschämt, weil Hannes ihm trotz wirklich wichtiger Geschäfte so viel Zeit geschenkt hatte. Andererseits: Wenn er an das dachte, was er selbst über die Gelbe Drohne herausgefunden hatte und was ihm Hannes ganz spontan hatte sagen können – Hannes würde als Späher auch eine bessere Figur machen als er selbst. Bensheim hatte recht: Fortuna war ihm, Tarnus, nicht hold. Und was große Zusammenhänge anging, da war Hannes ihm auch um einiges über. Was sollte er tun? Den Auftrag an Bensheim zurückgeben? Aufgeben? Tarnus blieb einen Moment stehen. Dann trottete er weiter. Nein, so etwas entsprach nicht seinem Ehrgefühl. Wenn er einen Auftrag annahm, musste er ihn auch erfolgreich zu Ende bringen. Tarnus lenkte seine Schritte zum Kattrepel. Er musste noch einmal nach seinem Laden sehen und etwas essen. Wiebke wäre enttäuscht, wenn er die letzten Reste von Schweinebacke mit Pastinaken verschmähte. Doch dann musste er noch einen Plan festlegen, wie er weiter vorgehen sollte. Wie höflich war Bensheim doch mit seiner Formulierung gewesen, mit der er Fortuna ins Spiel gebracht hatte. Er hätte es auch anders ausdrücken können: Bisher hatte er, Tarnus, in seiner Mission völlig versagt. Das musste sich ändern.

IV

Tarnus setzte sich auf ein Mäuerchen nahe St. Marien. Die Füße schmerzten und Hunger meldete sich. Am frühen Morgen, als Nebel die Hansestadt noch umfingen, war er losgezogen. Wiebke war noch nicht erschienen. Mittags hatte er kurz an einer Garküche Rast gemacht und etwas gegessen. Der Kabeljau war gut gebraten und zudem günstig zu haben gewesen. Sicher, er hätte auch Lachs nehmen können, aber der hätte wesentlich mehr gekostet. Und sonst? – Fehlanzeige. Tarnus hatte, wie schon in den letzten Tagen, die Stadt systematisch durchstreift, ja nahezu abpatrouilliert. Ab und zu hatte er seinen Schritt verlangsamt, um in ein Gespräch zwischen zwei Frauen vor der Haustür hineinzulauschen, mal war er an einem Marktstand stehengeblieben, um den Schnack zwischen Käufer und Verkäufer mitzubekommen, oder war zu der Auslage eines Ladens gegangen, um dort Augen und Ohren offenzuhalten.

Eine milde Abendsonne umfing Tarnus, auf dem Mäuerchen sitzend, doch dieser schüttelte nur den Kopf. Eigentlich hatte er jeden Stein umgedreht, doch was hatte er erreicht? Im Grunde nur eine Fortsetzung seiner Misserfolge. Tarnus zog seine Gugel gerade und strich sich über die Arbeitshose, die er gerade trug. Eigentlich hatte er die richtige Kleidung für seine Mission gewählt: Ein einfacher Arbeitsmann auf dem Weg zur oder von der Arbeit. Gut – die Schuhe aus seinem Sortiment waren wohl die falsche Wahl. Die waren auf die Länge etwas zu klein. Da musste er die Schuld bei sich suchen, er war ja eigentlich Fachmann für Bekleidung und Schuhe. Aber über die Gelbe Drohne hatte er nicht viel herausgefunden. Ein einziges Gesprächsfragment, das indirekt Bezug auf die Gelbe Drohne nahm: „Die Umlandfahrt, das ist ein weiter Weg bis Lübeck."

Das war alles gewesen. Was schlimmer war: Den Gaukler hatte er nicht finden können, von dem spinnenfingrigen Mann mit den verfärbten Fingerkuppen ganz zu schweigen.

Tarnus stand auf. Zurück zum Kattrepel, als Erstes die Schuhe ausziehen und dann nachsehen, ob Wiebke noch etwas zum Essen zurückgelegt hatte? Oder vielleicht doch noch auf einen Krug oder zwei in Dörte Hendriksens Brauhaus gehen? Hinter dem Tresen standen immer Schalen mit gebratenen Heringen und eingelegten Eiern. Solche Kleinigkeiten zum Bier würden ihm vorerst reichen. Tarnus setzte sich in Gang, die Füße begannen wieder zu schmerzen, doch nachdem er sich eingelaufen hatte, wurde der Schmerz erträglicher. Der Kattrepel war erreicht. Tarnus war schon auf Höhe des Brauhauses von Dörte Hendriksen, doch dann schaltete er um. Informationen, wenn es denn solche gab, würde er im Reeperdaddel wahrscheinlich eher bekommen als hier.

Tarnus trat ein, die Gugel wie bei den letzten Besuchen hier tief ins Gesicht gezogen. Im Reeperdaddel war die Kundschaft noch nicht so zahlreich. Auch die Luft im Schankraum war noch erträglich. Das mochte daran liegen, dass es noch früh war – die Sonne war noch nicht einmal vollständig untergegangen. Tarnus suchte sich einen Platz am Tresen, hier waren noch einige Plätze frei. Der Wirt musterte Tarnus kurz, aber aufmerksam. „Na, mal wieder hier?"
„Kannst du ein ganz schnelles Bier machen?" Tarnus legte Kupferstücke passend auf den Tresen.
„Klar." Der Wirt griff nach einem Krug, hielt ihn schräg unter den Bierhahn und ließ das Bier laufen. Bald stand ein gut gefüllter Bierkrug vor Tarnus.
„Oh", Tarnus war verdutzt, „das ging wirklich schnell."

Der Wirt sammelte die Münzen ein. „Das ist eine Kunst. Du musst den Krug in einem bestimmten Winkel halten und den Bierhahn ganz vorsichtig aufdrehen. Im Zapfen bin ich immer schnell, das ist gut fürs Geschäft, aber ein ganz schnelles Bier, das macht mir keiner nach."

Tarnus trank einen Schluck und wischte sich den Schaum von der Oberlippe. „Lecker." Das Bier schmeckte wie beim letzten Mal. „Ist das noch dasselbe Bier wie beim letzten Mal, das Bier mit dem Röstaroma?"
Der Wirt nickte. „Habe ein paar Fässer kaufen können, aber bald sind sie leer. Na, mal sehen." Er füllte einige Becher mit Wein, dann machte er sich daran, Bier in Krüge zu füllen. „Fünfter und achter Tisch sind fertig", brüllte er dann. Ein Schankmädchen kam und trug die Getränke ab.
„Hast du eine Kleinigkeit zu essen?", fragte Tarnus.
„Hering oder Eier?"
„Beides", antwortete Tarnus, trank seinen Krug aus und schob ihn in die Richtung des Wirtes. „Und noch mal die Luft aus dem Krug herauslassen."
„Gerne." Der Wirt ging in eine Hinterstube und sagte ein paar Worte. Dann kehrte er zurück und machte sich daran, den Krug wieder mit Bier zu füllen. „Wohlsein."
„Was bin ich schuldig?" Tarnus kramte in seinem Säckel.
Der Wirt nannte eine unverhältnismäßig niedrige Summe. Dann flüsterte er, ohne die Lippen zu bewegen. „Das Bier geht aufs Haus." Er hob seine Hände. „Aber Klappe halten. Sonst wollen alle anderen hier auch Freibier."
„Völlig klar." Tarnus strich das Wechselgeld ein. Ein Mädchen kam aus der Hinterstube und hatte ein Schälchen sowie zwei Fläschchen in der Hand. „Wohin?"
„Der da." Der Wirt wies mit einer Hand auf Tarnus.

„Wohl bekomm's." Das Mädchen stellte das Schälchen und die beiden Fläschchen vor Tarnus auf den Tresen.

In dem Schälchen lagen ein Hering und ein eingelegtes Ei. Tarnus nahm den Hering am Schwanz, hielt ihn über den Mund und biss ab. Der Hering war wider Erwarten gut. Tarnus aß ihn zu Ende, dann legte er die Schwanzflosse in das Schälchen zurück. Dann nahm er das Ei, pellte es und brach es in der Mitte auseinander. Ein Messer wäre nicht schlecht gewesen, doch ein solches durfte er in diesem Gasthof nicht erwarten. Er kratzte mit den Fingern das Eigelb heraus und schob es sich in den Mund. Dann gab er aus den Fläschchen Essig und Öl in die beiden Eihälften und verzehrte diese. Tarnus entfernte das Eigelb, das unter den Fingernägeln verblieben war, indem er diese zwischen den Zähnen durchzog. Zuletzt trank er einen Schluck Bier aus seinem Krug und sagte in Richtung des Wirtes: „Lecker." Der rief er in Richtung der Hinterstube: „Mine, abräumen." Das Mädchen kam, nahm Schälchen und Fläschchen und trug alles in die Hinterstube. Das Mädchen war einfach, aber sauber gekleidet. Es wirkte scheu, aber bei ihrer Arbeit sicher.

„Din Deern?", fragte Tarnus den Wirt und trank noch einen Schluck aus seinem Krug.

Der schüttelte den Kopf, indem er weitere Krüge mit Bier füllte. „Kein richtiges Findelkind", flüsterte er mit unbewegten Lippen, aber Mutter tot, Vater versoffen, was soll ich machen? Ich kann sie doch nicht ins Fleet werfen."

„Kenn ich", sagte Tarnus, die Stimme unterdrückend. „Wie bei meiner Wiebke. Eltern tot, Pflegemutter tot, Pflegevater auf Reisen, was sollte ich machen? – aber jetzt hat sie geheiratet."

Der Wirt beugte sich vor und flüsterte: „Ich bin der Gilg."

„Ich bin der Erik", gab Tarnus zurück.

„Scheiß Umlandfahrt!", krähte Tarnus' Nachbar zur Rechten. Er hatte schon vorher ein wenig geschwankt, aber jetzt schwankte er bedenklich.

„Halt den Rand, Urschel", sagte sein Trinknachbar auf dem nächsten Platz, indem er ihn an seiner Jacke festhielt. „Du hast mir doch schon alles erzählt. Lass uns gehen, wir beide müssen morgen früh raus."

„Nein, noch einen Krug", krähte der Betrunkene weiter.

„Urschel, ich gehe dann mal", sagte sein Nachbar. „Aber wie du nach Hause kommst, das liegt dann bei dir."

„Ach, lass mich." Urschel machte sich los. „Der Merklin ist immer vernünftig, nie trinkt er zu viel, nie versäumt er die Morgenarbeit."

„Ich gehe dann mal", wiederholte der Mann, der auf den Namen „Merklin" hörte. „Urschel, noch mal, wie willst du nach Hause kommen?" Er zog sich vom Tresen zurück und verließ den Schankraum.

Tarnus überlegte einen Moment. Vielleicht gab es hier die Gelegenheit, etwas über die Gelbe Drohne zu erfahren. Sollte er Skrupel haben, diesen Betrunkenen weiter auszuhorchen? Spontan sagte er zu dem Wirt: „Wir beide trinken dann mal noch einen Krug Bier, geht auf mich."

„Na klar." Der Wirt namens Gilg füllte zwei Krüge mit Bier und stellte sie vor die beiden Männer. „Wohlsein."

Urschel griff nach dem Krug, trank einen Schluck und setzte den Krug hart auf dem Tresen auf. Er erleichterte sich mit einem zarten Rülpser. Dann strich er mit einer unsicheren Bewegung über die Kapuze von Tarnus' Gugel. „Bist ein guter Junge."

„Geht schon klar", sagte Tarnus und trank einen Schluck Bier. „Ein gutes Bier", fügte er hinzu. Es sollte neutral klingen.

„Gutes Bier, Scheiß Umlandfahrt", krähte Urschel wieder.

Tarnus strich sich Schaum von der Oberlippe. „Erzähl genauer!"

Urschel schwankte etwas, dann fing er sich. „Umlandfahrt ist großer Scheiß."

„Warum das denn? Die Schiffe werden doch immer besser und sicherer."

Wieder griff Urschel nach seinem Krug, trank einen Schluck und schüttete sich Bier auf die Jacke. Er rückte näher zu Tarnus. „Mein Bruder ist Hauderer. Ein Fuhrwerk hat er und vier Pferde – friesisches Kaltblut, schöne Tiere. Wenn das so weitergeht, kann er sie zum Schlachter bringen."

„Was hat das denn mit der Umlandfahrt zu tun?" Tarnus tat erstaunt.

„Mein Bruder macht die Route Hamburg – Lübeck. Verstehst du? Bier nach Lübeck, Heringe nach Hamburg. Dann handelt er noch in Lübeck. Und jetzt? Heute ein Umlandfahrer, morgen vier Umlandfahrer. Weißt du, wie viele Lasten eine Kogge tragen kann?"

„Keine Ahnung." Tarnus tat naiv.

„Sechzig, achtzig Lasten. Und vier Koggen?" Urschel versuchte, zu rechnen. Dann gab er auf. Ach, rechne selbst."

Tarnus nickte. „Hast schon recht. Eine Kogge, das wären 60 Lasten und vier Koggen, das wären 240 Lasten, die wegfielen. Hei-ei-ei, das ist aber bannig viel."

„Sag ich doch." Urschel schwankte bedenklich. „Und die lübischen Handelsherren werden mächtig sauer sein." Urschels Hand beschrieb einen großen Kreis. „Scheiß Umlandfahrt. Husum, Jammerbucht, Skagen, Sund und dann direkt nach Schonen oder sonst wohin. Nix Lübeck. Na ja, die Pferdeschlächter werden sich freuen. Aber die Hauderer können sich aufhängen." Urschel sackte zusammen.

Der Wirt kam hinter dem Tresen hervor. „Fasst mit an", befehligte er einige Gäste. Tarnus wollte mithelfen, doch dann hörte er aus dem Mund des Wirtes: „Erik, pass auf die Kasse auf."

Tarnus stellte sich hinter den Tresen und versuchte, einige Krüge mit Bier zu füllen, doch nach kurzer Zeit kam der Wirt schon zurück. Er begutachtete Tarnus' Arbeit und übernahm den Bierhahn. „Nicht schlecht. Aber musst noch n büschen üben."

„Ist mir klar", antwortete Tarnus. „Was habt ihr mit dem Urschel gemacht?"

„Rausgetragen und einen Eimer Wasser über den Kopf. Das hilft immer. Und der Urschel, der findet schon nach Hause."

Tarnus stellte sich wieder an seinen Platz und trank das Bier aus. Er wunderte sich über den Vertrauensbeweis des Wirtes. Irgendetwas musste der an ihm finden. Vielleicht sollte er jetzt in die Offensive gehen. Aber der Wirt mit dem Namen Gilg nahm ihm die Entscheidung ab: „Noch ein Bier?"

Eigentlich hatte Tarnus genug, aber er wollte nicht ablehnen. „Ja, aber dann ein ganz schnelles."

„Kein Problem." Gilg zapfte und nach kürzester Zeit stand ein gut gefüllter Krug vor Tarnus. „Wohlsein."

„Danke. Ich denke, Urschel macht sich Sorgen um seinen Bruder."

Gilg zog die Schultern hoch. „Die Hauderer haben immer zu stöhnen. Kürzlich hatte ich eine Fuhre nach Elmshorn. Da hatte keiner Zeit oder wollte nicht, weil der Auftrag zu klein war. So musste ich einen Ewer nehmen. Die Elbe runter und die Krocker Aue hoch. Und dann? Mit Handkarren haben wir transportiert, furchtbar. Ja, ja. Die Strecke Hamburg – Lübeck, die ist es jetzt. Und Lüneburg? Brauchen die da keinen Hering?

Aber was ist mit den Schankwirten? Ist die Gerste rar, gibt es kein Bier, kommt die Traubenfäule, gibt es keinen Wein."

Ein Schankmädchen kam: „Zehn Bier für Tisch fünf und sieben Wein für Tisch drei."

Der Wirt war wieder ganz in seinem Element. Gekonnt füllte er Bierkrüge und Weingläser, dabei ließ er seinen Blick durch den Schankraum schweifen und flüsterte dem Schankmädchen zu:

„Der junge Mann am runden Tisch, der könnte was für Aphrodite sein." Dann wandte er sich an Tarnus. Mit denselben unbewegten Lippen wie zuvor flüsterte er: „Hast du morgen Zeit? Dann können wir ein wenig schnacken."

„Kein Problem", antwortete Tarnus, „wann?"

„So um neun?"

„Um neun ist gut." Tarnus trank noch einen Schluck aus seinem Krug. Den Rest ließ er stehen und verließ den Reeperdaddel. Das getrunkene Bier tat seine Wirkung. Tarnus erleichterte sich neben dem Gasthof. An diesem Ort war er nicht der Einzige, aber es erschien ihm sicherer als irgendwo anders auf einer dunklen Straße.

Tarnus erwachte erst, als er den Schlüssel in der Tür drehen hörte. Er hatte unruhig geschlafen, erst konnte er nicht einschlafen, dann war er immer wieder von Gedanken geweckt worden. Vielschichtig war die Angelegenheit um die Gelbe Drohne geworden und dennoch kratzte er immer noch an der Oberfläche des Ganzen herum. Dazu hatte er über die Gerüchtemacher noch nichts in Erfahrung bringen können. Hastig zog Tarnus sich an und öffnete die Tür seiner Schlafkammer. Wiebke stand in der Küche mit gerötetem Gesicht und leuchtenden Augen. „Meister, ich muss euch etwas sagen."

„Wollen wir uns nicht an den Küchentisch setzen?", fragte Tarnus.

„Nein, Meister, ihr müsst es jetzt gleich erfahren. Ich trage ein Kind unter dem Herzen." Ganz schlicht klang es und hatte nichts Pathetisches.

„Das ist ja wirklich schön. Wiebke, herzlichen Glückwunsch, Wiebke, ich freue mich für dich."

„Meister, erst war ich mir sicher, dann wurde ich wieder unsicher, aber heute Morgen habe ich gemerkt, dass es sich bewegt, und zwar kräftig."

„Dann wird es sicher ein Junge", bemerkte Tarnus. „Was meinst du, Wiebke, erst Schiemann und dann Schiemannsmaat?" Er tat heiter, musste aber doch an die Gelbe Drohne und die Gerüchte denken.

Wiebke sah Tarnus in die Augen. „Meister, ihr denkt, ich weiß es nicht, aber ich weiß sehr wohl, was über die Gelbe Drohne erzählt wird, dass sie womöglich untergegangen sein soll. Aber ich habe ein Gesicht gehabt."

Tarnus wusste, dass man Wiebkes Gesichte ernst nehmen musste, vielleicht nicht im wörtlichen Sinne, aber im Kern der Sache. Wie oft schon hatte sich ein solches Gesicht als richtig erwiesen! „Erzähle", forderte er Wiebke auf.

„Die alte Frau Ellmann hatte mal wieder Schmerzen und ich hörte durch die Tür, wie sie gestöhnt und sich auf dem Bett hin und her geworfen hat. Es ist ja nichts Schlimmes, sie ist eben alt und die Hüfte plagt sie. Aber sie kann trotzdem weiterschlafen. Ich lag im Halbschlaf und da kam mir das Gesicht: Da war ein Schiff, größer als eine Kogge, und alle Segel bestanden aus prächtigen Blumen. Über dem Schiff stand ein Regenbogen und dann waren da ein Mann und eine Frau – und die Frau hielt ein Kind im Arm. Meister, manchmal mache ich mir Sorgen um Geerd, aber nicht mehr als jede andere Frau, deren Mann zur See fährt. Ich bin mir ganz sicher, dass Geerd zurückkommen wird und später, wenn ich niedergekommen sein werde, unser Kind in seinen Armen halten wird. Ganz gewiss", fügte sie nach einer kleinen Pause hinzu.

„Gewissheit ohne Bedenken." Irgendwann hatte Tarnus schon einmal darüber nachgedacht. Dann sprach er: „Genau in dieser Angelegenheit bin ich unterwegs. Ich wollte aber nichts davon erzählen, weil ich dich nicht beunruhigen wollte. Außerdem darf ich eigentlich nicht darüber sprechen. Ich denke aber, dir kann ich es sagen: Ich soll herausfinden, wo die Gelbe Drohne im Augenblick steckt, aber vor allem herausfinden, wer diese üblen Gerüchte in die Welt gesetzt hat."

„Das werdet ihr schaffen, Meister." Über Wiebkes Gesicht ging ein strahlendes Lächeln.

Doch dann wurde sie eifrig. „Kommt mit in den Laden, Meister." Sie führte Tarnus in den Laden und wies auf den Ladentisch. Tarnus sah einen großen Stapel Putzlappen, doch daneben einen nicht minder großen Stapel mit Kleidungsstücken. Von diesem nahm er die obersten Teile in die Hand und begutachtete sie. „Was ist das denn?", staunte er, „das ist ja allerbeste Ware. Wo hast du die denn her?"

„Das ist die Ausschuss-Ware, die ihr mir mal gegeben habt. Ich habe sie so gut es ging geflickt, manchmal sogar aus zwei Teilen eins gemacht. Und diese Sachen werde ich jetzt für den Laden verkaufen, so wie wir es besprochen haben."

Einerseits war Tarnus die Angelegenheit peinlich. Wie lange mochte Wiebke wohl daran gearbeitet haben? Andererseits freute er sich über Wiebkes Redlichkeit. „Natürlich haben wir das so besprochen", brummte er. Er sah den Stapel noch einmal genauer durch und zog ein Teil heraus. Er prüfte es noch einmal fachmännisch: Da hatte Wiebke nicht nur an eine Gugel eine neue Kapuze angenäht, sie hatte auch Flicken auf die Gugel gesetzt, aber alles nur mit geübtem Auge erkennbar. „Großartig." Tarnus hielt sich die Gugel vor den Körper. „Für mich natürlich viel zu groß. Aber Geerd müsste sie passen. Wiebke, die können wir nicht verkaufen, Geerd muss doch sehen, wie gut du nähen kannst."

Man sah Wiebke die Freude über dieses Lob an. „Ausnahmsweise, aber das ist dann auch genug. Alles andere ist für unseren Laden. Ich habe immerhin schon das Nachthemd bekommen."

Vom Mariendom schlug es dreiviertel neun. „Ich muss gleich los", sagte Tarnus.

„Für ein kurzes Frühstück sollte immer Zeit sein, Meister. Nehmt wenigstens ein paar Löffel Gerstenbrei mit Honig, wer weiß, wann ihr wieder zum Essen kommt."

„Du hast völlig recht." Tarnus folgte Wiebke in die Küche. „Du sagtest Gerstenbrei, nicht Haferbrei?"

„Ja, Gerstenbrei." Wiebke nickte eifrig. „Die Gerste konnte ich wirklich günstig kaufen. Es ist natürlich mehr Arbeit, die Gerste zu zerstoßen und dann lange quellen zu lassen. Aber schmeckt selbst." Sie füllte Brei in ein Schälchen und reichte Tarnus einen Löffel.

Tarnus war pünktlich. Soeben hatte es von St. Marien neun geschlagen. Jetzt stand er vor dem Reeperdaddel und hörte den Wirt Gilg mit lauter Stimme rufen: „Endres, mopper hier nicht rum. Schwing den Feudel, die Hütte muss prick sein." Auf seinen Lippen und im Mund verspürte Tarnus noch den Geschmack von Wiebkes Gerstenbrei. Der hatte wirklich lecker geschmeckt. Tarnus war erleichtert, wie Wiebke mit der Situation im Ganzen umging. Doch jetzt musste er umschalten. Er betrat das Haus. „Gilg", rief er.

„Hier", rief dieser zurück, „ich komme." Dann erschien er.

„Schön, dass du gekommen bist."

„Wollte pünktlich sein."

„Komm, wir gehen in den Schankraum. Hier im Flur ist es zu laut. Endres macht gerade sauber, aber die Arbeit hat er nicht erfunden. Ich musste ihn mal wieder antreiben. Einmal am Tag muss die Hütte in Ordnung sein. Irgendwann kommt mal wieder ein Büttel zum Überprüfen – gut, ich gebe ihm immer von meinem besten Bier – aber du weißt nie, wie der drauf ist. Außerdem: Kakerlaken in der Küche oder Bettwanzen in den

Hurenzimmern will doch keiner haben. Komm, wir setzen uns."
Gilg zog Tarnus zu einem Stuhl im Schankraum.
„Da gebe ich dir recht." Tarnus setzte sich.
„Ein Bier?"
Tarnus dankte. „Sonst gerne, aber nicht um neun."
„Etwas anderes?"
„Nein, im Augenblick nicht."
Gilg beugte sich vor und wiederholte sich. „Schön, dass du gekommen bist."
„Was gibt es denn?", fragte Tarnus.
„Ich dachte, ich könnte dich fragen. Siehst ehrlich aus."
Merkwürdig, so etwas aus dem Mund eines Mannes zu hören, der eine der übelsten Kaschemmen der Stadt führte. „Sonst hättest du mir gestern Abend nicht die Kasse anvertraut", antwortete Tarnus.
„Stimmt."
Ein Mann kam in die Schankstube. Er hatte einen Putzlumpen in der Hand. „Die Hurenzimmer auch?", fragte er.
„Ja sicher, die Hurenzimmer auch. Alles prick machen. Nur die Wäsche, darum kümmern die sich selbst. Und mach voran."
„Ist ja gut." Der Mann zog ab.

„So ist das, wenn man einen Laden führt", meinte Gilg, der Wirt. „Das weiß doch keiner. Du denkst, hier versinkt alles im Dreck. Gut, nach einem Abend wie gestern kannst du den Kattrepel schon von Weitem riechen, aber hier wird auch sauber gemacht. Geht irgendeine kleine Seuche in Hamburg los, wird mein Laden doch als erster geschlossen. Außerdem: Hier auf dem Kattrepel kann ich doch keinen Gasthof für die hohen Herren betreiben. Da geht es um einfache Leute, die einfach nur ein Bier oder einen Wein für kleines Geld trinken und miteinander scherzen oder streiten wollen. Und wer hier knöcheln will, soll das tun. Und was meinst du zu den Huren?" Gilg wartete Tarnus'

Antwort nicht ab. „Die wollen sich doch auch was verdienen. Und wenn einer von langer Fahrt auf hoher See zurückkommt, dann hat er doch auch Druck. Sieh es mal so: So eine Kaschemme wie diese schützt doch die Jungfräulichkeit der höheren Töchter."

Der Mann, der hinter dem Tresen so souverän wirkte, schien angespannt zu sein. Tarnus wollte auf seine Ausführungen nicht eingehen. „Gilg", mahnte er. „Du wolltest doch etwas mit mir besprechen."

„Stimmt", sagte Gilg. „Ich habe da einen Hof im Norden. Der soll mal mein Alterssitz werden."

„Elmshorn, mit dem Ewer die Krocker Aue hoch?"

„Genau. Hast du dir gut gemerkt. Ich wusste es, ehrlich und dazu noch mit Grips im Kopf. Erik, das sehe ich, wenn einer nicht in diese Kaschemme gehört."

„Jetzt mal Butter bei die Fische."

„Der Hof wird bewirtschaftet von einem Verwalter. Ich bin hier gebunden und kann nur gelegentlich nach dem Rechten sehen. So nach und nach schwinden die Erträge, nicht viel, mal hier, mal da: Zur Fastenzeit brauchen wir Eier, aber die Hühner haben nicht so gelegt wie in den Jahren davor. Dann sind es die Erträge für Hafer und Gerste, die geringer geworden sind."

„Und die Ziegen liefern auch nicht mehr so viel Milch wie sonst?", ergänzte Tarnus.

„Genau, so ist es. Erik, ich brauche einen Mann, der da mal nachsieht. Und als du hier aufgetaucht bist, da wusste ich: Das ist mein Mann."

„Zu viel der Ehre", lenkte Tarnus ab.

„Erik, das sehe ich", wiederholte Gilg. „Du bist nicht einer der üblichen Dumpfbrüter, das habe ich an der Art gesehen, wie du dich hier umgeschaut hast, auch wenn du eine Gugel trägst und die Kapuze ins Gesicht schlägst."

Tarnus überlegte. Wenn Gilg ihm vertraute, warum nicht auch umgekehrt? Er wollte es wagen. „Mit deinem Hof, das geht im Prinzip in Ordnung", sagte Tarnus. „Das könnte ich machen. Aber im Augenblick bin ich hier noch gebunden. Da müsstest du mir helfen."

„Gemacht." Gilg hielt Tarnus die Hand hin und Tarnus schlug ein.

„Sag mal", begann Tarnus. „Du schaust dir deine Kunden ja genau an."

„Datt will ik mienen", gab Gilg zurück. „Sich aufs Kerngeschäft zu beschränken, das ist das eine. Aber immer die Augen offenhalten, das ist das andere. Das gehört natürlich auch dazu. Aber sag, wo drückt der Schuh?"

„Ich suche einen Gaukler", sagte Tarnus, „recht jung noch, aber sehr erfahren."

„Ach, Gaukler kannst du im Augenblick hier nicht antreffen", unterbrach Gilg. „Die sind allesamt im Lübischen. Irgendeine Mode im Augenblick. Bei nahezu jeder Festerei muss ein Gaukler auftreten, bei Hochzeiten, bei Kindstaufen, ich weiß nicht, wo noch."

„Ich suche einen Gaukler, der sich hier in deinem Laden mit einem Mann getroffen hat, der spinnenfingrig war und eine Hakennase hatte. Außerdem hatte er verfärbte Fingerkuppen."

„Wen suchst du denn jetzt wirklich?", fragte Gilg. „Den Gaukler oder den anderen Mann?"

„Eigentlich beide."

„Dann sag es doch. Und sag mir auch, woran ich einen Gaukler erkennen soll, wenn er hier ein Bier trinkt?"

Tarnus schüttelte den Kopf. „Kann ich nicht. Du hast recht."

„Wenn ich mich erinnere", Gilg stand auf und ging hinter den Tresen, „da war so ein Spinnenfingriger in Begleitung eines jungen Mannes schon zwei oder drei Mal hier. Saßen am Tisch und tuschelten. Die Huren haben sie abgewiesen und so gut wie nichts getrunken. Das ist genau das Publikum, was man liebt. Irgendwie passten die hier nicht hin."

„Was meinst du zu den verfärbten Fingerkuppen?"

„Mensch, Erik, wie lange wohnst du schon in Hamburg? Das ist so ein Gallus, so ein Tintenkleckser."

„Du meist, ein Schreiber?"

„Nein, ein Tintenmacher." Gilg zapfte Bier in zwei Krüge, kam hinter dem Tresen hervor und stellte sie auf den Tisch. Er setzte sich. „Ein Krug am Morgen, einen zum Mittag, aber niemals, wenn die Gäste da sind. Da halte ich die Augen offen. Wohl bekomm's." Er hob seinen Krug.

„Wohl bekomm's." Tarnus hob den seinen und trank gegen seine Gewohnheit einen Schluck. Er überlegte: Wenn er Tinte gekauft hatte, dann hatte er sie in dem Kramladen vom alten Wilm gekauft. Wer Tinte herstellte und wie das geschah, darum hatte er sich nie gekümmert.

„Galltinte." Gilg trank einen Schluck. „Galläpfel, Vitriol und Alaun, das sind die Hauptbestandteile."

„Woher weißt du das alles?", fragte Tarnus.

„Ach, lass." Gilg machte eine abwehrende Handbewegung. „Du bist doch auch nicht der Mann, der hier auf dem Kattrepel in ein übles Schankhaus geht, um sich volllaufen zu lassen und zu huren."

„Stimmt."

„Warum eigentlich suchst du die beiden?", fragte Gilg.

„Ich hörte, wie der Spinnenfingrige den Gaukler antrieb, weiter Gerüchte über die Gelbe Drohne zu verbreiten, und zwar sozusagen scheibchenweise. Du hast von der Gelben Drohne gehört?"

Gilg nickte. „Ja, ab und zu höre ich von der Gelben Drohne. Du hast es ja selbst gestern Abend mitbekommen, als sich dieser Urschel über die Umlandfahrt beklagte."

„Und vorher wurde das Gerücht in die Welt gesetzt, eine Kiste, die sich im Laderaum der Gelben Drohne befunden hätte, wäre an den Strand der Jammerbucht gespült worden, so, als hätte ein Schiffbruch stattgefunden", fiel Tarnus ein.

„Ich sagte ja schon: Ab und zu höre ich von der Gelben Drohne, direkt oder indirekt." Gilg machte ein nachdenkliches Gesicht. „Aber viel ist es nicht. Vielleicht sind die Leute am Kattrepel auch zu sehr mit sich selbst beschäftigt. Aber draußen könnte es anders sein. Ich denke da an die Handelsherren, die sich etwas Neues ausgedacht haben, und an die Frauen, die sich um ihre Männer auf hoher See sorgen."

Tarnus trank seinen Bierkrug aus. „Genau so ist es."

„Aber sag mal, Erik. Was versprichst du dir davon, wenn du die Männer, die solche Gerüchte in die Welt gesetzt haben, aufgespürt hast? Was ist mit den Gerüchten, sind die dann weg?"

„Vielleicht werden sie dann weniger." Tarnus stand auf. „Auf alle Fälle muss ich mich darum kümmern."

„Wie du meinst." Gilg trank seinen Krug leer. „Du siehst erst einmal nach der Gelben Drohne – viel Glück dabei – und dann trimmen wir meinen Hof in der Nähe von Elmshorn. Und wenn du dorthin reist, brauchst du keinen Hauderer. Ich besorge dir einen Ewer, den schnellsten und schmucksten elbauf und elbab. Ach, was sage ich. Das ist kein normaler Ewer, das ist ein Ewer mit einer Takelung, die du noch nie gesehen hast."

Tarnus verzog sein Gesicht. „Ich freue mich auf diesen Ewer. Aber erst bin ich in Sachen Gelbe Drohne unterwegs."

Gilg schlug Tarnus auf die Schulter. „Danke, dass du gekommen bist."

„Habe ich gern getan. Und vielen Dank für die Informationen und Ratschläge."

Nachdenklich verließ Tarnus den Reeperdaddel. Was hatte ihm Gilg zum Abschied noch gesagt? „Gerüchte sind immer schwer aus der Welt zu schaffen, aber wenn sie sich auf Angst oder Neid gründen, dann erst recht." Nun ja, Gilg hatte im Grunde recht, vielleicht hatte er in dieser Hinsicht auch schon etwas erlebt. Aber er, Tarnus, musste wenigstens versuchen, in Sachen Gelbe Drohne etwas Klarheit zu schaffen. Das war er Bensheim schuldig. Den musste er unbedingt aufsuchen. Es konnte doch nicht sein, dass der keine Feinde hatte. Gab es denn wirklich keine Verbindung zwischen Bensheim und dem spinnenfingrigen Tintenmacher? Und um den musste er sich natürlich auch noch kümmern. Wenigstens hatte er jetzt einen Hinweis.

V

Tarnus ließ den Kattrepel hinter sich. Vielleicht noch einmal bei Hannes dem Bader vorbeischauen? Eine Rasur wäre nicht schlecht, bevor er zu Bensheims Haus ginge, um nach einem Termin zu fragen. Er überlegte kurz, ob seine Kleidung angemessen war: Er trug im Augenblick eine Gugel, keine von der schäbigsten Sorte, sondern ein neuwertiges Teil – wie ein einfacher Arbeitsmann, der sich mit einer gewissen Sorgfalt kleidete. Doch eigentlich war es auch egal, in welcher Kleidung er in Bensheims Haus nach einem Termin fragte, man kannte ihn dort. Auch in Hannes' Badehaus war er bekannt und schon in unterschiedlichsten Aufzügen dort aufgekreuzt. Tarnus kam die Gugel in den Sinn, die Wiebke für ihn vor Kurzem bestickt hatte: Auf eine graue Jacke aus fester Wolle hatte sie über der Brust das Wappen Hamburgs eingestickt. Eine weiße Burg prangte da auf einem roten Schild, eine Burg mit drei Türmen, über dem mittleren das Kreuz der Marienkirche und über den beiden äußeren jeweils ein Stern. Tarnus hatte sich darüber ehrlich gefreut, war aber auch berührt gewesen, wie viel Arbeit Wiebke auf sich genommen hatte. Die Gugel war sicherlich ein Prunkstück, aber für ihn nur bedingt zum Tragen in der Öffentlichkeit geeignet: Zu auffällig erschien Tarnus dieses Unikat mit seiner Blicke heischenden Stickerei. Andererseits – in einem Laden nahe der Reichenstraße könnte man vielleicht derartige Kleidungsstücke, bunt gefärbt und mit dem Wappen versehen, als neueste Mode deklarieren, in ausreichender Zahl und mit hohem Gewinn unter die Leute bringen. Solidarität mit den Arbeitsleuten und gleichzeitig das Bekenntnis eines wohlhabenden und ehrbaren Handelsherrn zu seiner Heimatstadt Hamburg …

Tarnus hielt an und musste schmunzeln. Seine Träumereien hatten ihn auf dem Marktplatz landen lassen. Er schaute sich um und suchte den Ort, an dem er den Gaukler schon zwei Mal gesehen hatte. Jetzt, wieder ganz bei der Sache, überlegte er, in welchem Aufzug er dort gewesen war: Einmal war er in Hut und Mantel dort gewesen und ein anderes Mal wohl mit einer Gugel gekleidet. Und dem Gaukler, mit hellen, flinken Augen ausgestattet, wäre das sicher nicht entgangen. Tarnus machte einige Schritte, wich einigen Leuten aus und dann sah er den Gaukler. Hatte Gilg nicht berichtet, alle Gaukler wären im Lübischen? Aber dieser Gaukler war hier und vollführte seine Kunststückchen. Hatte der Spinnenfingrige seine Zuwendungen erhöht, dass ein Abstecher ins Lübische nicht lohnte? Erst jonglierte der Gaukler mit Bällen, dann betätigte er sich als Feuerschlucker. Zuletzt ließ er seine Blicke ins Publikum schweifen und machte es wie ein Bauchredner: „Leute, dankt es mir und legt ein paar Kupfermünzen in die Schale, ein paar Münzen für einen, der euch erfreut, der euch zum Lachen bringt. Wisst ihr denn, was morgen ist? Denkt an die Gelbe Drohne, keiner weiß, wo sie ist. Hat sie es geschafft auf dem neuen Weg, der gefährlich ist?" Hell und flink ließ er seine Augen herumstreifen. Hatte er Tarnus gesehen?

„Nun leg ihm schon ein paar Münzen in seine Schüssel." Eine Frau, einen Einkaufskorb in der Hand, wandte sich an ihren Begleiter. „Recht hat er ja."
„Ist ja gut", sagte der Mann und legte ein paar Münzen in die Schale. „Aber bei der Gelben Drohne ist noch nichts erwiesen."
„Aber schön war seine Aufführung doch", seufzte die Frau.
Andere Leute kamen der Aufforderung des Gauklers nach, mehr, als Tarnus zuvor gesehen hatte. Der Gaukler sammelte das Geld aus dem Schälchen und verstaute es in seiner Kleidung. Dann rief er: „Ein Ei, wer spendiert mir ein Ei?"

Eine Marktfrau mit einem Eierstand rief zurück: „Und was bietest du mir für ein Ei?"

„Ein Spektakel", antwortete der Gaukler, „nimm dein Ei und komm zu mir."

Die Frau nahm ein Ei aus ihrer Auslage und ging zum Gaukler.

„Etwas Abstand", sagte dieser.

Die Marktfrau ging einige Schritte zurück. „Und jetzt?"

„Wirf das Ei in die Luft."

Die Marktfrau warf das Ei in die Luft. Jetzt ging es blitzschnell. Der Gaukler hob seine Arme, irgendetwas aus des Gauklers Armen zuckte heraus, kaum sichtbar, und flog durch die Luft. Das Ei wurde getroffen und fiel völlig zermatscht auf den Boden. Der Gaukler ließ seine Arme ein wenig sinken. Nichts war zu sehen. „Wer möchte noch mal? Dann kauft ein Ei bei der Marktfrau und ich zermatsche euch das Ei in der Luft wie durch Zauber."

Nicht wenige Leute gingen auf das Angebot des Gauklers ein. Tarnus entfernte sich vom Markt. Er wusste, dass für solche Angebote Gaukler und Marktfrauen ihre Gewinne teilten. Aber er wusste noch etwas ganz anderes: Da hatte ihm dieser Gaukler, der ihn erkannt haben musste, unmissverständlich klar gemacht, dass es Gerätschaften gab, welche, fast unsichtbar, nicht nur ein Ei in der Luft zerlegen konnten, dazu noch in der Hand eines Könners. Wie hatte doch Hannes dieses Gerät genannt – Öseler Kugel oder Öseler Keule? Und Tarnus war klar, wem er den nächtlichen Überfall zu verdanken hatte. Hannes hatte ihm geraten, für nächtliche Spaziergänge den Arm zu umwickeln wie für die Dressur eines Hundes. Solch ein Ratschlag war gut, er war schön, er war hilfreich, aber gegen eine solche Kunstfertigkeit im Umgang mit derartigen Waffen war keiner gewappnet.

Tarnus trat in die große Stube von Hannes' Badehaus ein, die sich dem Eingang anschloss. Die Stube war zu dieser Tageszeit schon zur Hälfte gefüllt. Eine Magd, die weiße Schürze über dem Kleid, kam auf ihn zu. „Meister Tarnus, ihr wollt sicherlich zu meinem Herrn."

„Gewiss", antwortete Tarnus, „nur auf ein kurzes Gespräch. Sagt ihm, es dauert nicht mehr als fünf Minuten."

Die Magd musterte Tarnus, dann lächelte sie. „Ohne eine Rasur wird mein Meister euch schwerlich gehen lassen. Geht schon einmal in die kleine Stube, in der ihr beim letzten Mal wart. Ich bringe gleich die Rasiersachen. Ihr kennt ja den Weg."

Tarnus suchte den Baderaum auf, eine kleine Stube, in der ein Zuber stand, und setzte sich auf den blumenbesetzten Lehnstuhl. Wenig später kam die Magd dazu. In ihren Händen hielt sie ein Tablett, auf dem Messer, Rasierpinsel, Seife und ein frisches Handtuch lagen, dazu ein Krug mit frisch gezapftem Bier. Die Magd stellte das Tablett ab. „Mein Herr kommt gleich, labt euch schon einmal an dem Bier." Sie verließ den Raum.

Tarnus nahm den Bierkrug und trank einen Schluck. Bier am Morgen oder am Mittag war eigentlich nicht seine Sache, aber so war das nun einmal in Hamburg. Bier war sozusagen ein Grundnahrungsmittel, das man zu jeder Tageszeit trank. Auch Kinder bekamen davon ab. Andererseits war es auch eine Geste gegenüber einem Besuch oder einem Gast, wenn man ihm einen Krug Bier anbot, eine Geste der Gastfreundschaft und der Wertschätzung. Hannes der Bader trat ein. Er schlug Tarnus auf die Schulter. „Schön, dich wiederzusehen."

„Geht mir genauso", sagte Tarnus, indem er aufstand.

„Setz dich schnell wieder hin." Hannes drückte Tarnus auf den Stuhl herunter, auf dem er gesessen hatte.

Er nahm den Rasierpinsel vom Tablett und zog ihn durch die Seife. „Während der Rasur sprichst du durch die Zähne. Du weißt, ich kann es mir nicht erlauben, einen Kunden mit Blut im Gesicht zu verabschieden."

„Weiß ich alles", gab Tarnus zurück. „Kannst du mich denn hören?"

„Klar." Hannes nahm das Rasiermesser vom Tablett. „Kommst du weiter in Sachen Gelbe Drohne?"

„Na, ja", flüsterte Tarnus durch die Zähne. „Ich höre Verschiedenes und weiß etwas mehr über die Gerüchtemacher. Aber ich bin noch nicht nahe genug dran. Ich hörte dazu, die Hauderer hätten sich über das Projekt Umlandfahrt beschwert, weil ihnen Aufträge nach Lübeck abhandenkämen."

„Merkwürdig." Hannes beschäftigte sich mit Tarnus' Oberlippe. „Von Hauderern ist hier überhaupt nicht die Rede. Nun, hier verkehren ja auch keine Hauderer."

„Was ist es hier?", fragte Tarnus durch die Zähne.

„Es geht schon um die Umlandfahrt. Da gibt es einige Stimmen, die dafür sind, aber auch viele Stimmen, die warnen. Es sei zu gefährlich, mit einer Kogge die weite Fahrt um Dänemark zu machen. Da haben sie recht, da stimme ich zu. Eine Kogge ist im Grunde ein ganz breitärschiges Segelschiff, das man nur bedingt manövrieren kann, ein Schiff mit wenig Kiel, das unbeladen schnell zur Seite kippt. Willst du gegen den Wind kreuzen, bekommst du Schwierigkeiten. Bensheim tut genau das Richtige. Er lässt ein neues Schiff bauen, das schlanker ist und eine neuartige Takelage hat. Vorn sind Zusatzsegel …"

„Bonnets", warf Tarnus ein.

„Richtig, Bonnets." Hannes beschäftigte sich mit Tarnus' Kinn. „Aber ob die Gelbe Drohne schon der große Wurf ist, bleibt abzuwarten. Ich denke, das ist ein erster Schritt in die richtige Richtung. Man wird aber weiterentwickeln müssen."

„Warum das denn?" Tarnus war erstaunt.

„Tarnus. Was ist ich dir jetzt sage, ist meine eigene Meinung, aber sie ist begründet. Die meisten Menschen sehen immer nur einen Aspekt, aber vieles gehört zusammen. Denk mal an unser letztes Gespräch. Da ging es um Handelsfahrt, Umlandfahrt und Schonenfahrt." Hannes legte sein Rasiermesser beiseite und reichte Tarnus das Handtuch vom Tablett.

„An was du dich alles erinnern kannst." Tarnus nahm das feuchte Handtuch und wischte sich die Seife vom Gesicht.
„Ich mache es jetzt ganz einfach. Denken wir mal nicht von der Umlandfahrt aus, sondern aus dem Blickwinkel der Schonenfahrt. Das ist ein ganz wichtiger Wirtschaftszweig, vielleicht der wichtigste in der ganzen Ostsee. In Lübeck gibt es sogar zwei Korporationen: eine für die Handelsfahrer und eine zweite für die Schonenfahrer. Mensch, Tarnus, weißt du eigentlich, dass der Hering vor Schonen nicht unermesslich vorhanden ist, selbst wenn das keiner wahrhaben will. Schon jetzt wird er knapper. Wenn er noch knapper wird, gibt es keine Alternative: Man wird, ob man will oder nicht, in der Nordsee fischen müssen und dazu braucht man neuartige, gut manövrier-fähige Schiffe."
„Das habe ich noch nicht bedacht", gab Tarnus zu.
„Manchmal muss man in anderen Zusammenhängen denken als andere." Hannes lachte. „Du weißt, ich habe es als einfacher Bursche aus Livland zu einem wohlbestallten Bader in Hamburg geschafft und mir damit einen gewissen Wohlstand erworben." Dann wurde er ernst. „Ich gehe natürlich damit auch ins Risiko: Ein falscher Schnitt beim Aderlass bei der Frau eines Handelsherren, eine falsche Entscheidung als Chirurgicus und …", Hannes machte eine Geste zu seinem Hals, „ich bin abserviert. Da geht es Bensheim ähnlich. Er beschreitet neue Wege, er ist fortschrittlich, aber er arbeitet riskanter. Und bereits

vor einem möglichen Erfolg setzt er sich Diskussionen aus und macht sich angreifbar."

„So weit ist es aber bei dir noch nicht." Tarnus wollte auf die heitere Ebene zurück.

„Natürlich nicht." Hannes lachte wieder. „Im Augenblick geht es mir gut und ich hoffe, dass es so bleibt. Wenn ich weiter fleißig bin, kann ich das Nachbarhaus dazu erwerben. Und – ich habe Braurechte erworben."

„Glückwunsch." Tarnus stand von seinem blumenbesetzten Lehnstuhl auf. „Sag mal, Hannes. Du hast mich jetzt rasiert und schon vorher viele Male. Was bin ich dir eigentlich schuldig?"

„Aus dem Haus mit dir." Hannes schlug ihm auf die Schulter und drehte sich in Richtung Tür. „Ich muss weiter. Und nie wieder solch eine Frage, verstehst du? Bevor du aber diese Stube verlässt, trinkst du dein Bier aus."

„Versprochen." Tarnus griff nach dem Bierkrug und sah zu, wie die Tür zugezogen wurde. Er trank einen Schluck, dann einen weiteren und noch einen, bis er den Krug schließlich geleert hatte. Er überlegte, auf welche Weise er Hannes eine Freude machen konnte. Dann hatte er eine Idee. Darüber müsste er mit Wiebke sprechen.

Tarnus ging von der Reichenstraße zum Kattrepel zurück. Er hatte in Bensheims Haus gefragt, wann der Herr Zeit für ihn hätte. Bensheim wäre auf dem Rathaus, hatte die Magd ihm gesagt, er wolle am späten Nachmittag zurück sein. Tarnus hatte einen Zeitpunkt ausgemacht, an dem er bei Bensheim vorsprechen konnte, und signalisiert, dass er sich auf eine Wartezeit einstellen könnte. Jetzt hatte er genügend Zeit, noch einmal nach Wiebke und seinem Laden zu schauen. Vielleicht hatte sie eine Speise vorbereitet, die er würdigen sollte. Von dem Weg zu seinem Laden machte er einen kleinen Abstecher zum Kramladen vom alten Wilm. Eigentlich war es kein richtiger

Laden, es war ein Kellerloch, zu dem man über eine schmale Stiege heruntersteigen musste. Aber Wilm war gut sortiert, er führte Metallbeschläge, Nägel, verschiedene Werkzeuge, Haushaltswaren – und eben auch Tinte.

Tarnus stieg herunter und öffnete die Ladentür. „Moin, Wilm."
„Moin, moin", kam es ihm entgegen. „Na, bist mal wieder hier? Brauchst neue Tinte?"
Eigentlich hatte Tarnus noch genug Tinte, aber er konnte schlecht den Laden wieder verlassen, ohne wenigstens einen kleinen Einkauf gemacht zu haben. „Nur eine kleine Reserve", sagte er. „Wer weiß, was ich noch zu schreiben habe."
„Du kannst schreiben und Tinte verbrauchen und ich kann nur Tinte verkaufen, das ist der Unterschied." Wilm, ein kleines, verwachsenes Männchen, kicherte. Dann zog er aus einem Regal ein kleines Fässchen hervor: „Ein Rest. Reicht der?"
Tarnus nickte. „Sollte reichen, aber warum machst du dich so klein? Du hast einen guten Laden. Du hast alles da, was man braucht, auch Sachen wie Tinte zum Beispiel."
Wilm winkte ab. „Sieh dich um, zu mehr als diesem Kellerloch hat es nicht gereicht."
Manchmal schien Tarnus das Selbstmitleid dieses alten Mannes nur gespielt, immer wieder betonte er die Ärmlichkeit seines Ladens. Dabei hatte er eine treue Kundschaft und seine Preise waren denen in anderen Läden Hamburgs durchaus vergleichbar.
„Mit der Tinte lässt sich schnell und sauber schreiben", meinte Tarnus und nahm das kleine Fässchen entgegen, „was ist das eigentlich für eine Tinte?"
„Das hast du ja noch nie gefragt. Aber ich will es dir sagen: Das ist beste Galltinte. Sie ist nicht zäh, sie verblasst nicht und ich habe noch nie Ärger gehabt."
„Und wer ist dein Lieferant?", fragte Tarnus.

Wilm wiegte seinen Kopf hin und her. „Nur wenn du mir versprichst, dass du nicht bei ihm direkt kaufst."
„Wie sollte ich? Wilm, ich kaufe immer bei dir. Und das wird auch so bleiben. Also: Versprochen."
„Das ist so ein Mann, der sitzt in der Süderstraße in einer Art Laboratorium. Dort macht er merkwürdige Experimente und nebenbei eben Tinte. Er kann auch schreiben und Bücher lesen. Ein merkwürdiger Mann." Wilm hob die Arme und streckte seine Finger aus. „Ganz lange Finger hat er und eine Hakennase. Du wirst ihn selten draußen sehen, vielleicht abends, wenn es dunkel ist."
„Komische Leute gibt es", sagte Tarnus leichthin, „aber die Tinte ist gut. Sag mal, was bin ich dir jetzt schuldig für die Tinte?"
„Ach, nicht der Rede wert", antwortete Wilm und winkte ab.
„Dann wenigstens eine Kleinigkeit." Tarnus stellte das Fässchen ab und zog aus seinem Säckel einige Münzen hervor, die er auf den Ladentisch legte. Damit war dieser Tintenrest mehr als ausreichend bezahlt. „Dann vielen Dank, Wilm, und bis zum nächsten Mal."
Wilm verabschiedete sich gleichfalls und Tarnus verließ den Laden.

Tarnus öffnete die Ladentür und brachte die Glocke zum Tönen. „Wiebke?", rief er.
„Hier in der Küche", kam die Antwort. „Kommt her, gleich gibt es etwas zu essen."
Tarnus ging in die Küche. Wiebke stand am Herd, eifrig und mit geröteten Wangen.
„Was machst du da?", fragte Tarnus.
„Lasst euch überraschen, Meister, und setzt euch schon einmal hin", antwortete Wiebke, „bin gleich fertig."

„Da bin ich aber gespannt." Tarnus setzte sich an den Küchentisch. „Riechen tut es schon sehr gut."

„Nehmt euch von dem Fladenbrot", ermunterte ihn Wiebke.

Tarnus brach sich von dem Brot, das auf dem Tisch lag, ein Stück ab und steckte es in den Mund. „Lecker, schön knusprig."

„Das freut mich." Wiebke machte sich mit zwei Tellern am Herd zu schaffen und stellte diese auf den Tisch. „So, der Fisch ist auch fertig."

Tarnus staunte. „Was ist das denn?"

„Das ist Kabeljau, frisch aus der Pfanne."

„Aber wo sind denn Kopf, Flossen und Gräten?"

„Meister, ich kenne da einen Fischer, der seinen Fang selbst verkauft. Und der beherrscht die Kunst, einen Fisch so zu zerteilen, dass nur das Fleisch des Fisches übrigbleibt."

Tarnus nahm ein Stück von dem Fisch, der auf dem Teller vor ihm lag. „Köstlich. Und die Zubereitung dieses Kabeljaus, hat dich das die alte Frau unter der neuen Stadtmauer gelehrt?"

„Ja, die alte Frau Ellmann hat mich das gelehrt. Und ihr werdet zugeben, Meister, dass es gut ist, bei ihr zu lernen."

„Kein Einwand", sagte Tarnus und aß weiter. Nachdem er seinen Teller geleert hatte, legte er seine Gabel auf den Teller. „Sehr gut, sogar noch besser als in der besten Garküche."

Wiebkes Gesicht rötete sich. „Danke, Meister."

Tarnus druckste ein wenig herum, doch dann fragte er: „Sag mal, Wiebke, der Fisch muss doch unglaublich teuer gewesen sein, können wir uns das denn leisten?"

„Meister, der Fisch war nicht so teuer wie ihr denkt und außerdem habe ich in der Zwischenzeit einiges von den geflickten Sachen verkaufen können. Von dem Erlös ist immer noch etwas übrig. Davon kann ich für die ganze nächste Woche einkaufen."

Wiebke räumte die Teller ab. „Und wie ist es bei euch gelaufen?"

„Ich komme ganz gut voran", meinte Tarnus. „Ich habe einiges entdecken können und heute, am späten Nachmittag, habe ich noch ein Gespräch. Ich hoffe, langsam etwas Klarheit in diese Angelegenheit bringen zu können."

„Das Gespräch wird sicher mit einem vornehmen Handelsherrn stattfinden", sagte Wiebke. „Das sieht man, ihr seid frisch rasiert. Und ich bin mir ganz sicher, dass ihr Klarheit schaffen werdet."

„Gut, dass du das ansprichst, Wiebke. Du weißt wahrscheinlich, dass ich zum Rasieren immer zu Hannes dem Bader gehe. Mein Problem ist nur, dass er noch niemals dafür Lohn verlangt hat. Wir sind gut befreundet und ich will ihn auch nicht kränken. Da wollte ich dich fragen, ob du ein Badehandtuch für ihn besticken könntest."

„So wie die Gugel, die ich für euch bestickt habe?"

„Genau so. Die Gugel ist wirklich prächtig, ich kann sie leider dann nicht tragen, wenn ich mit irgendwelchen Nachforschungen beschäftigt bin, dazu ist sie zu auffällig. Aber solch ein Wappen von Hamburg auf einem Badetuch! Stell dir vor, eine vornehme Dame aus der Reichenstraße entsteigt dem Badezuber und umhüllt sich mit einem Badetuch, auf dem solch ein schönes Wappen prangt."

Wiebke wurde eifrig. „Wir haben ein solches Badetuch, noch wie neu. Das werde ich nehmen." Sie verschwand im Laden, kam mit einem prächtigen Badetuch zurück und schlug es auseinander. „Das Wappen kommt hierhin."

„Genau", sagte Tarnus. Doch dann wurde er müde. „Sag mal, Wiebke, kannst du mich in einer Stunde wecken? Dein Essen war köstlich und sehr reichlich. Und ich habe heute auf dem Kattrepel und bei Hannes schon Bier trinken müssen, einen Krug hier und einen dort."

„Legt euch ruhig hin, Meister. Ich werde euch wecken. Und wenn ich in der Küche fertig bin, fange ich schon einmal mit der Stickerei an."

Tarnus schreckte hoch. Es hatte an die Tür zu seiner Kammer geklopft. Er brauchte einen Moment, um wieder klar zu werden. Richtig: Er hatte gegen seine Gewohnheit einen Mittagsschlaf gehalten und wollte sich von Wiebke wecken lassen. Da hörte er schon durch die Tür: „Meister, gerade hat es von St. Marien Vier geschlagen. Ihr habt gleich einen Termin."
Tarnus stand auf, richtete seine Kleider und sah an sich herab. Für Bensheim sollte er sich ein wenig besser gewanden. Er zog sich um, zuletzt legte er noch einen Mantel über die Schultern und setzte seinen breitkrempigen Hut auf. So angezogen, trat er in die Küche. Wiebke saß am Tisch, mit einer Näherei beschäftigt.
„Danke, Wiebke, dass du mich geweckt hast. Ich weiß gar nicht, wann zuletzt ich mich mittags einmal hingelegt habe."
Wiebke blickte auf. „Meister, ihr habt viel zu tun und bewegt mit Sicherheit viele Gedanken in eurem Kopf. Und dann noch ein gutes Essen und vorher den einen oder anderen Krug Bier, da kann man schon einmal müde werden."

„Du hast recht." Tarnus sah auf die Arbeit, mit der Wiebke gerade beschäftigt war. „Was sehe ich, du hast dir schon das Badetuch vorgenommen?"
„Ja, Meister, und es ist schon fast fertig. Die Mariensterne noch und das Kreuz, dann habe ich es geschafft. Was meint ihr zu der Größe des Wappens. Ist es gut so?"
„Perfekt." Tarnus schüttelte den Kopf. Wie hatte Wiebke das in so kurzer Zeit nur hinbekommen? Dann fiel ihm etwas ein. „Sag mal, Wiebke, willst du nicht selbst hingehen zu Hannes dem

Bader und ihm dieses Badetuch übergeben? Ich meine, es ist dein Werk und er soll sehen, was du verfertigst hast."

„Auf keinen Fall." Wiebke ließ die Nadel sinken. „Meister, ihr wollt euerm Freund ein Geschenk machen und da ziemt es sich nicht, wenn man eine Magd schickt."

„Stimmt auch." Tarnus war ein wenig betreten. Entschuldigend fügte er hinzu: „Wiebke, du hast recht. Es kann sein, dass ich ein wenig angespannt bin."

„Ja", sagte Wiebke und hob die Nadel wieder hoch. „Das ist aber ganz normal. Ihr müsst die Gelbe Drohne finden und meinen Geerd, den Vater unseres Kindes. Das ist sicherlich schwierig. Aber ich bin mir ganz sicher, dass ihr das schafft. Ich hatte das Gesicht, von dem ich euch erzählt habe."

„Ja, ich weiß." Tarnus nickte und ging zur Ladentür.

Tarnus saß in Bensheims guter Stube, einen Krug mit Bier vor sich. Der Herr habe sich verspätet, hatte die Magd gesagt, als sie Tarnus die Tür öffnete. Er solle sich schon einmal in die gute Stube begeben und sich an dem Bier, welches sie ihm gleich bringen werde, laben. Sie hatte ihm Hut und Mantel abgenommen und Tarnus zu der Stube geleitet. Wenig später hatte sie Tarnus einen Krug Bier hingestellt. Tarnus trank einen Schluck von dem Bier. Das musste man Bensheim wirklich lassen. Er bot seinen Gästen stets erlesene Getränke an und dieses süffige Exportbier war wirklich außerordentlich.

Im Flur tat sich etwas. Tarnus hörte Stimmen, eine weibliche und eine männliche, die aber nicht ohne Schärfe war. Bensheim war wohl zurückgekommen. Dann trat dieser in die gute Stube ein, einerseits wie immer der ältere, joviale Herr mit Bauch und rötlichen Bäckchen, andererseits angespannt wie ein Mensch, der unter Druck stand. „Seid gegrüßt, Tarnus." Bensheim schüttelte ihm die Hand. „Ich sehe, meine Magd hat euch schon einen Krug Bier hingestellt, um euch die Wartezeit zu verkürzen."

„Das Bier ist wie immer köstlich", entgegnete Tarnus.

Die Tür öffnete sich und eine Magd brachte auf einem Tablett ein hohes Glas. „Hier ist der alte Met." Sie stellte das Glas auf den Tisch und knickste. Bensheim ergriff das Glas und trank es mit einem Zug aus. „Das war gut. Und jetzt bring ein weiteres Glas." Die Magd knickste erneut und verließ den Raum.

„Nicht ganz einfach", seufzte Bensheim. „Wann kommt sie denn endlich von selbst darauf, in welchen Gläsern sie den alten Met zu servieren hat?"

„Das Bier, welches sie mir gebracht hat, war sehr gut gezapft", meinte Tarnus leichthin. „Sagt, Herr von Bensheim, wenn euch diese Stunde nicht recht ist, soll ich dann besser noch einmal wiederkommen?"

„Keineswegs", erwiderte Bensheim. „Ich war nur noch geistig mit dem Fall beschäftigt, über den wir gerade zu richten hatten. Interessiert ihr euch dafür?"

Tarnus nickte.

„Seht ihr", begann Bensheim, „soeben musste ich den Fall eines Bigamisten verhandeln, der zwei Ehen eingegangen ist. Voraussetzung für eine Eheschließung ist die Ledigkeit. Wer eine falsche Ledigkeitserklärung abgibt, und wenn auch nur stillschweigend, begeht Meineid. In diesem Fall war es ein Handwerker, der eine Familie hatte – eine Frau und drei Kinder. Dann hat er allerdings noch eine weitere Frau geehelicht. Nun, es war die Tochter seines verstorbenen besten Freundes. Das könnte man aus Fürsorgegründen noch so stehenlassen, aber – er hat mit dieser Frau noch zwei Kinder gezeugt. Was soll ich als Gerichtsherr machen? Den Mann wegen Meineides verurteilen? Ihn an den Pranger stellen, danach noch drei Monate

Kerker? Dann fallen zwei Familien in Schimpf und Schande – und der christlichen Armenfürsorge anheim."

„Wie habt ihr euch verhalten?", fragte Tarnus.

„Es war schwierig", antwortete Bensheim und seine ansonsten schon rötlichen Bäckchen glühten. „Es gab eine lange Beratung unter den Gerichtsherren. Ich konnte mich schließlich durchsetzen: Die zweite Ehe wurde als Matrimonium morganaticum anerkannt, als Ehe zur linken Hand. Und der Angeklagte wurde verpflichtet, für beide Frauen mit ihren Kindern weiterhin aufzukommen. Das hat er vor den Gerichtsherren geschworen."

Tarnus nickte anerkennend. „Das beweist, Herr von Bensheim, dass ihr nicht nur ein guter Gerichtsherr seid, sondern auch ein Herz habt."

Die Magd trat erneut ein, auf dem Tablett ein gut gefülltes hohes Glas mit Met.

„Gut", Bensheim nickte anerkennend, „Der alte Met in einem hohen Glas."

Die Magd knickste erneut. „Den alten Met in die hohen Gläser schenken und den Tischmet in die kleinen Schenkgläser."

„Richtig", sagte Bensheim. „Und damit du noch ein wenig üben kannst, trinke ich jetzt dieses Glas leer und du bringst mir ein neues." Er führte das Glas zum Munde, trank es aus und setzte es auf dem Tablett ab. Er wartete, bis die Magd die Stube verlassen hatte, dann fuhr er fort: „Das war gut. Langsam kommen die Lebensgeister wieder. Sagt, Tarnus, was könnt ihr mir berichten?", und Tarnus berichtete kurz, was er über den möglichen Aufenthaltsort des Spinnenfingrigen herausgefunden hatte.

„Das ist aber nicht viel." Bensheim runzelte die Stirn. „Tarnus, in meinen Kreisen muss ich mir eine Menge anhören. Die Gerüchte über die Gelbe Drohne werden nicht geringer. Und wie ich schon sagte", Bensheim machte eine Handbewegung, „mein ganzes Geschäftskonzept steht auf dem Spiel."

„Herr von Bensheim", begann Tarnus, „ich habe noch einige Fragen. Und da bitte ich euch um Auskunft. Ganz ehrlich, es ist dringlich. Ich hatte euch schon gefragt, wer etwas gegen euch haben könnte. Da habt ihr verneint. Könntet ihr noch einmal euer Hirn durchforschen, ob das wirklich so ist? Gibt es vielleicht doch Feinde, an die ihr noch nicht gedacht habt?"

Doch Bensheim schüttelte nur den Kopf. Er sah etwas erschöpft aus.

„Ich habe mich erinnert", fuhr Tarnus fort, „dass ich einmal einen Mann für euch aufspüren sollte. Ich habe das geschafft und ihr habt mir gegenüber mehrfach erwähnt, dass ich mich in dieser Sache um euch und eure Geschäfte verdient gemacht hätte. Aber ihr müsst mir mehr darüber erzählen."

„Ihr meint die alte Sache mit Diethelm Fuhlenbüttel?"

„Genau die meine ich." Tarnus trank einen Schluck aus seinem Krug. Da klopfte es an der Tür und die Magd trat ein, in der Hand ein Tablett mit einem hohen Glas, gefüllt mit Met. Sie stellte das Glas vor Bensheim hin. Der dankte und trank einen Schluck. Dann wartete er, bis die Magd das Zimmer verlassen hatte. „Nun", er rieb seine Hände aneinander, „ich gebe zu, ich habe euch keinen reinen Wein eingeschenkt. Aber es erschien mir auch nicht wichtig, euch alles zu erzählen. Ich meine mich zu erinnern, ich hätte euch erzählt, ich hätte einen alten entfernten Verwandten, der möglicherweise in Not geraten sei und für den ich sorgen wollte."

„So war es", sagte Tarnus. „ich habe Diethelm Fuhlenbüttel in Wedel aufgespürt, wo er tatsächlich in bitterer Armut lebte."

„Ihr habt ihn gefunden, und dafür bin ich euch noch heute dankbar. Und ich habe Diethelm bis zu seinem Tode angemessen versorgt. Ich habe bei einer Frau in der Nähe für ihn eine Kammer angemietet mit allen täglichen Mahlzeiten. Nie wieder hat er Hunger leiden oder frieren müssen." Bensheim machte eine Pause und betrachtete seine Hände. „Aber das ist nur die halbe Wahrheit. Dahinter steckte nicht nur eine philanthropische Idee. Diethelm hat mir sehr viel eingebracht: Er war Zeuge in einem wichtigen Handel."

„Für mich sprecht ihr in Rätseln, Herr von Bensheim."

Bensheim seufzte. „Eigentlich ist es nicht meine Art, andere Leute an Familiendingen teilhaben zu lassen, aber es scheint ja wichtig zu sein. Nun, ich will es erzählen: Mein Vater und mein Oheim hatten einen Vertrag geschlossen. Da ging es um die Finanzierung von Ländereien, die mein Oheim gekauft hatte. Mein Vater hatte ihm das Geld auf Kredit gegeben. Wie unter Familienmitgliedern üblich, ohne Zinsen, aber mit der Verpflichtung zur Rückzahlung. In unseren Kreisen ist es üblich, dass derartige Verträge so abgeschlossen werden, dass man sich die Hand gibt und sich in die Augen schaut. Und so war es auch in diesem Fall."

„Wo lag dann das Problem?", fragte Tarnus.

„Nach dem Tode meines Vaters und seines Bruders kam mein Vetter Eike, also der Sohn meines Oheims, auf die Idee, die Ländereien zu veräußern. Das tat er auch, strich das Geld ein und vergaß, wenn ich das einmal so sagen darf, den Kredit meines Vaters und seine Rückzahlung. Er tat so, als hätte es diesen Kredit nie gegeben."

„Und dann?"

„Ich wusste, dass mein Vater und mein Oheim diesen Vertrag im Beisein dieses Diethelm Fuhlenbüttel abgeschlossen hatten. Und in der Tat konnte er später, nachdem ihr ihn gefunden hattet, die Rechtmäßigkeit dieses Vertrages bezeugen."

„War dazu ein Gerichtsprozess nötig?", fragte Tarnus.

„Nein, das regeln wir normalerweise unter uns." Bensheim trank einen weiteren Schluck aus seinem Glas. „Außerdem gibt es Ehrengerichte, an die man sich, wenn es nottut, wenden kann."

„Was ist euer Vetter für ein Mann?", wollte Tarnus wissen.
„Noch mehr Familienklatsch?", fragte Bensheim.
„Herr von Bensheim", brachte Tarnus eindringlich hervor, „es geht um eure Geschäftsidee, die wirklich weitsichtig und brillant ist."
„Nun gut." Bensheim seufzte wieder. „Mein Vetter Eike ist ein Mann, dem die gelbe Galle innewohnt. Er ist leicht erregbar, jähzornig und neigt zu Wutausbrüchen."
„Ihr haltet nicht viel von ihm?"
„Er ist mein Vetter und gehört zur Familie. Er hört auf den Namen Bensheim genauso wie ich. Da könnte er es sich nicht erlauben, unseren Namen in den Dreck zu ziehen. Das würde ihm und mir schaden – gleichermaßen. Das scheint er zu wissen, obgleich ich ihn ansonsten für ziemlich dumm halte."
„Könnte er so etwas tun, wie ein Gerücht über die Gelbe Drohne in die Welt zu setzen?"
„Wie schon gesagt, so etwas Perfides würde ihm nicht einfallen, dafür fehlt ihm einfach der Weitblick. Außerdem rüstet er auch für die Umlandfahrt." Bensheim trank einen weiteren Schluck. „Ist ja auch bequem, wenn sein Vetter ihm bei diesem gut geplanten Vorhaben vorausgeht. Trotz seines Temperaments – für einen Gesetzesbrecher halte ich ihn nicht."

„Und wenn er an Leute geraten ist, die ihm schlechte Ratschläge erteilen?" Tarnus fragte eifrig. „So etwas wäre doch möglich."
„Ich kann es mir nicht vorstellen." Bensheim hob abwehrend die Hand. „Sicher, wir sind uns nicht grün, weil er nur seine Vorteile sucht. Er besucht die Heilige Messe nicht öfter als nötig. Er

macht Zuwendungen nur, wenn es sich nicht vermeiden lässt, und er umgibt sich mit zwielichtigen Gestalten."

„Also doch?", hakte Tarnus nach. „Was genau für Leute?"

„Nun ja", Bensheim machte eine abwehrende Geste, „so allerlei. Da gibt es Leute, die die Heilige Schrift so auslegen, wie sie wollen, da gibt es Alchimisten und da gibt es Spinner, die meinen, sie könnten die Welt nach ihren Wünschen gestalten."

Tarnus blickte in seinen Krug, in dem noch mehr Bier war, als er trinken wollte. Bensheim leerte sein Glas mit Met. Beide Männer schwiegen für eine kurze Zeit. Dann stand Tarnus auf. „Herr von Bensheim, ich danke für das Gespräch und das Bier. Ihr habt mir wertvolle Informationen gegeben, denen ich nachgehen werde. Aber jetzt will ich euch die Zeit zur Erholung geben, die ihr nötig habt."

„Danke", gab Bensheim zurück. „Ich werde mich ein wenig ausruhen, ihr habt recht." Dann stand er gleichfalls auf. „Dreht alles um, macht, tut, was in eurer Macht steht, bewegt, was ihr könnt. Aber bringt mir den Mann, der die Gerüchte in die Welt gesetzt hat. Wisst ihr, es wird schon schwer, Mannschaften für die Umlandfahrt zu finden. Man muss die Löhnung fast verdoppeln."

„Ich werde alles tun", sagte Tarnus. Dann verabschiedete er sich von Bensheim und trat hinaus in die Reichenstraße.

Mancherlei Gedanken gingen Tarnus auf dem Heimweg durch den Kopf. Bensheim, der gerne alle Fäden in seiner Hand behielt, war über seinen Schatten gesprungen und hatte ihm detaillierte Informationen zukommen lassen. Und da gab es doch ganz offensichtlich eine Verbindung zwischen Bensheims Vetter Eike und dem Spinnenfingrigen. Aber – in welcher Mission war er, Tarnus, denn eigentlich unterwegs? Glaubte Bensheim wirklich, dass mit der Auffindung eines Gerüchtemachers die Gerüchte ein Ende finden könnten? Gerüchte konnte man nicht fassen. Sie drangen in die Köpfe der Menschen ein und bewirkten höchst unterschiedliche Gedanken, so war es nun einmal. Tarnus überkam die Lust, ein Bier zu trinken, ein Bier, welches er bezahlte, einfach des Genusses wegen und welches ohne Konventionen oder gesellschaftliche Zwänge vor ihn hingestellt wurde. Aufgestützt auf beide Ellenbogen beobachten, wie die Schaumkrone langsam sank, nach einem Schluck mit dem Finger die Oberlippe vom Schaum befreien und vor sich hin stieren in stetiger Zwiesprache mit dem Krug, als gäbe es kein Morgen mehr! Tarnus beschloss, später, wenn er sich umgezogen und von Hut und Mantel befreit hatte, im Brauhaus von Dörte Hendriksen vorbeizuschauen.

VI

Tarnus schaffte es, am nächsten Morgen aufzustehen und sich zu gewanden, bevor Wiebke den Laden betrat. Es war knapp – Tarnus schloss gerade den letzten Knopf seiner Hose, da ertönte die Glocke der Ladentür.

„Meister, ich bin es." Wiebke trug einen Korb und stellte ihn auf den Küchentisch. „Ich habe schon mal das Mittagessen mitgebracht." Sie hob aus dem Korb einen Gegenstand, der in ein Leinentuch eingewickelt war, und stellte ihn neben den Korb. Dann schlug sie das Tuch auseinander. „Heringe", sagte sie, „beste Heringe von der Schonenfahrt." In der Tat lagen in der Schale, die sichtbar wurde, mindestens ein Dutzend Heringe. „Das sehe ich", meinte Tarnus anerkennend. „Die sehen wirklich gut aus. Was gibt es dazu?"

„Brot haben wir noch", antwortete Wiebke, „und zum Hering gibt es Dickmilch." Sie griff wieder in den Korb und holte einen weiteren umwickelten Gegenstand hervor, der sich als ein Schälchen mit Dickmilch erwies. „Die alte Frau Ellmann hatte das eigentlich für sich besorgen lassen, aber manchmal ist sie unpässlich und da kann sie nichts zu sich nehmen. Ich habe ihr sozusagen einen Gefallen getan, als ich ihr dieses Essen abgenommen habe." Wiebke machte eine Pause. „Na ja, nicht immer hat Frau Ellmann noch das rechte Maß. Dann besorgt sie zu viel oder lässt zu viel liefern. Und ich kann auch nicht alles überwachen, ich bin tagsüber auch nicht immer da."

„Wiebke, da finden wir eine Lösung." Tarnus gab sich beruhigend. Tatsächlich ging ihm die Frage durch den Kopf, wie es demnächst weitergehen sollte: Wiebke als Mutter eines Kleinkindes auf dem Kattrepel oder bei der alten Frau Ellmann – vielleicht sogar in doppelter Mission? Und was war mit Geerd? Tarnus wischte die Gedanken beiseite. „Wiebke, die Heringe sehen wirklich gut aus. Auf die Gefahr hin, dass du mir sagst, sie wären erst zum Mittagessen: Ich würde gerne einen Hering probieren."

„Esst einen oder zwei oder drei, es sind genug da." Wiebke lächelte. „Es freut mich, wenn euch mein Essen schmeckt."

Tarnus fasste einen Hering am Schwanz und biss ein Stück ab. „Wirklich gut." Er aß den Hering auf, legte die Schwanzflosse ab und nahm einen zweiten. „Wirklich gut", wiederholte er noch einmal.

Hering war genau das Richtige für diesen Morgen. Tarnus hatte am gestrigen Abend das Schankhaus von Dörte Hendriksen aufgesucht und es nicht nur bei einem Krug Bier bewenden lassen. Aber es war gut gewesen, angesichts all der Aufgeregtheiten des täglichen Lebens einmal abzuspannen.

„Meister, ich habe das Badetuch für Hannes den Bader fertig." Wiebke wurde eifrig. Sie holte das Badetuch und zeigte Tarnus das Hamburger Wappen. „Seht ihr die Mariensterne und das Kreuz?"

„Die sehe ich. Wirklich eine gute Arbeit. Weißt du was, Wiebke? Pack mir das Tuch ein und ich bringe es gleich als Geschenk zu Hannes dem Bader. Aber ich werde ihm sagen, dass du dieses Wappen gestickt hast. Und dann werde ich mich noch ein wenig umsehen." Tarnus fiel ein, dass der spinnenfingrige Tintenmacher in irgendeinem Laboratorium in der Süderstraße seinen obskuren Experimenten nachgehen sollte. Geerd kam doch von der Süderstraße. „Sag mal, Wiebke, dein Geerd kommt doch von der Süderstraße. Hat er dir mal von einem Alchimisten in dieser Straße erzählt?"

„Geerd heißt nach der Süderstraße", sagte Wiebke, „Aber er ist nicht in der Süderstraße aufgewachsen. Ich weiß nur, dass in der Süderstraße ungefähr in der Mitte, von hier aus auf der rechten Seite, allerlei merkwürdige Leute leben. Aber seht selbst nach.

Ihr werdet das schon machen." Wiebke ging in den Ladenraum, um das Handtuch zu verpacken. Tarnus überlegte, ob er noch einen dritten Hering verzehren sollte. Doch dann ließ er es. Hering erzeugte Durst und den wollte er am heutigen Morgen nicht mit Bier löschen. Er nahm das Päckchen in Empfang und verließ seinen Laden.

Bei Hannes dem Bader war es um diese Zeit noch leer. Aber es war merkwürdig, keine Magd nahm Tarnus in Empfang, der vom Eingang in die große Stube gegangen war. Tarnus blieb stehen und lauschte. Da hörte er energische Worte: „Ja, gut so. Und jetzt pressen. Gleich ist es so weit. Und ihr Mägde, bringt Wasser und Tücher." Tarnus hörte Getrappel und Türenschlagen. Dann ging es weiter. „Ja, noch mal pressen. Weiter so. Ich sehe schon den Kopf. Gut so. Ich helfe jetzt ein wenig nach." – Tarnus hatte Hannes Stimme erkannt. Und dann ertönte das Schreien eines neuen Erdenbürgers. Hannes jetzt nicht nur Bader oder Chirurgicus, sondern auch Geburtshelfer? Hannes betrat die große Stube. Er sah fröhlich aus mit geröteten Bäckchen. Er erkannte Tarnus. „Mensch, Tarnus, was machst du denn hier? Sieh mal, ich habe gerade Geburtshelfer gespielt, du wirst es ja wohl gehört haben."
„Hannes, ich habe deine Worte gehört, das hörte sich ja richtig fachkundig an."
„Gehört auch dazu", meinte Hannes. „Normalerweise schere ich Bärte und Haare, gebe den Chirurgicus, indem ich zur Ader lasse und Knochenbrüche schiene, aber mitzuhelfen, ein Kind zur Welt zu bringen, das ist eine wirklich schöne Aufgabe. Ich gebe zu, damit habe ich nicht jeden Tag zu tun, aber hier war es so, dass eine hochschwangere Dame noch ein Bad nehmen wollte. Ich habe es ihr nicht verwehrt, aber natürlich Vorsorge getroffen. Tarnus, die Arbeit mit den Erwachsenen und Alten ernährt mich, aber sag mal, was gibt es Schöneres als die Geburtshilfe?"

„Hannes, davon verstehe ich nichts." Tarnus hatte zur Geburtshilfe sicherlich keinen so inneren Bezug wie Hannes. „Ich wollte dich eigentlich nur kurz aufsuchen, um mich bei dir zu bedanken. Nimm dieses Päckchen." Tarnus legte das Päckchen auf einen Tisch in der großen Stube.

Hannes nahm das Päckchen und öffnete es. Er nahm das Handtuch heraus und faltete es auseinander. „Was ist das denn? Ein Badetuch mit dem Wappen Hamburgs?"

„Wiebke hat es verfertigt", sagte Tarnus, „meine Magd."

„Aber es ist ein Geschenk von dir für mich", antwortete Hannes sichtlich ergriffen, „ein wirklich schönes Geschenk. Weih, Tarnus." Er stockte. „So etwas erlebe ich nicht alle Tage."

„Nimm es schon." Tarnus schlug Hannes auf die Schulter, doch der hatte sich wieder gefangen.

„Tarnus, stell dir mal vor, ich würde das Kind dieser Dame, die hier soeben entbunden hat, in ein solches Tuch eingehüllt nach Hause bringen lassen?"

„Dann wärest du der Mann, der das Entbindungsmonopol auf die Damen Hamburgs hätte. Aber leg dich nicht mit den Hebammen an."

„So habe ich es nicht gemeint. Dieses Badehandtuch mit dem Wappen ist wirklich gut. Kannst du mir 50 meiner Badetücher besticken lassen? Ich will dich nicht kränken und aus unserer Freundschaft eine Geschäftsbeziehung machen, aber ich würde 15 Silberlinge dafür ausgeben."

„Muss ich mit Wiebke besprechen", antwortete Tarnus ausweichend. Es war ein verlockendes Angebot, aber das wollte er nicht hinter dem Rücken von Wiebke annehmen.

Tarnus lenkte seine Schritte Richtung Süderstraße. Hätte er diese Straße erreicht, wollte er erst einmal an den Häusern so entlanggehen, als ob er etwas suchte. Das wirkte in der Regel unverfänglich und manchmal kam es auch vor, dass Passanten, die den Weg kreuzten, oder Hausbewohner, die vor der Tür standen, jemanden, der sich so verhielt, fragten, ob sie ihm helfen könnten. Als Tarnus die Süderstraße erreicht hatte, stellte er allerdings fest, dass diese menschenleer war. Tarnus ging an den Häusern entlang – es war die übliche Mischung, die man in Hamburg kannte: Einige Häuser sahen schmuck und herausgeputzt aus, andere hingegen waren in die Jahre gekommen und hätten der Renovierung bedurft. Vielleicht hier eine neue Generation von Hausbesitzern, die genug Geld und Elan hatte, ein solches Werk zu stemmen, vielleicht dort eine ältere, die kein Interesse oder Kapital für dergleichen hatte. Vielleicht aber waren auch einige Hausbesitzer schon verstorben und die Erben konnten sich nicht über eine weitere Nutzung einigen.

Tarnus überlegte: Was hatte Wiebke gesagt? In der Mitte des Straßenverlaufes sollten auf der rechten Seite merkwürdige Leute leben. Tarnus ging die Straße ab. Vielleicht hatte er Glück, in irgendeinem Fenster jemanden zu erblicken, den er ansprechen konnte. Am besten war es, auf die linke Straßenseite, die gegenüberliegende, zu achten. Wohnten irgendwo schräge Vögel, dann lebten in deren Haus die Erdulder oder Erleider, während auf der anderen Straßenseite – mit etwas Abstand – die Beobachter wohnten, die pflichtgemäß Empörten und diejenigen, die gerne über das Sodom und Gomorrha auf der anderen Straßenseite plauderten. Tarnus hatte in der Tat Glück. Schemenhaft sah er hinter einem Fenster eine alte Frau. Es war nur für einen kurzen Moment gewesen und dann war sie verschwunden. Tarnus klopfte an das Fenster. Gleichzeitig rief er: „Entschuldigt bitte, ich suche nach etwas. Vielleicht könnt ihr mir helfen."

Die alte Frau kann wieder zum Vorschein. Doch sie schüttelte den Kopf und zeigte auf ein Ohr. Mit einem Zeigefinger wies sie in die Richtung der Haustür. Tarnus hatte verstanden. Er nickte und stellte sich vor die Haustür. Es dauerte eine Weile, dann öffnete sich diese. In der Tür stand eine alte Frau, die Schürze über dem Kittel. „Watt gifts?", herrschte sie Tarnus an.

Tarnus entschuldigte sich. „Es tut mir leid, ich suche etwas."

Die alte Frau legte eine Hand an ihr Ohr. Tarnus wiederholte seine Frage etwas lauter.

„Was suchst du denn?" Die Frage schien angekommen zu sein.

„Ich habe gehört, dass hier ein Mann seinen Laden hat, der Tinte macht."

„Tinte." Die alte Frau machte ein verächtliches Gesicht. „Du bist wohl so ein klugscheißeriger Schreiberling."

„Bin ich", antwortete Tarnus bescheiden. „Und deswegen brauche ich Tinte."

„In dieser Straße nicht", beschied ihn die alte Frau. „Hier wohnt nur Gesocks." Sie verschloss die Tür.

Tarnus war unschlüssig, was er machen sollte. Da hörte er hinter sich eine Stimme: „Suchst du den Utz? Der macht auch Tinte."

Tarnus drehte sich um. Auf der gegenüberliegenden Straßenseite stand ein Fenster auf und ein Mann, die Ellenbogen auf ein Kissen gelegt, war darin zu sehen. Hatte er diesen Mann übersehen? „Utz, ja, den suche ich. Wo finde ich ihn?"

Der Mann im Fenster wies mit der Hand: „Da vorne, im gelben Haus. Aber zieh dich warm an." Der Mann hustete. Es klang nicht gesund. „Geh nur hinein, wenn du keine Angst hast."

„Wovor?", fragte Tarnus.

„Kakerlaken zum Beispiel." Der Mann grinste. „Vielleicht macht er ja auch aus dir eine Chimäre mit Hörnern und einem Ziegenbart, wer weiß." Der Mann hustete wieder. Es dauerte länger. Dann legte er seine Ellenbogen auf das Kissen im Fenster zurück. „Tschüss, du Schreiberling."

„Tschüss und Danke!", rief Tarnus zurück, aber er bekam keine Antwort.

Tarnus suchte das gelbe Haus auf. Es war eines der Häuser, die ihre besten Jahre schon hinter sich hatten. Er klopfte an die Tür, doch nichts tat sich. Er wiederholte das Klopfen, dann drückte er vorsichtig die Türklinke herunter. Die Tür ließ sich öffnen und Tarnus trat in einen moderig riechenden Flur ein. „Jemand zu Hause?", rief er. Er wartete eine Weile, dann wiederholte er sein Rufen, allerdings etwas lauter. „Komme ja schon", hörte er dann. Ein junger Mann trat auf ihn zu. Er hatte etwas Flaum im Gesicht und war sehr einfach, aber sauber gekleidet.
„Da seid ihr ja schon", wisperte er, „aber nicht so laut. Meister Utz befindet sich in seinem Laboratorium. Dort kann er laute Worte nicht vertragen."
Tarnus verstand den Sinn nicht. Mit wem verwechselte ihn dieser junge Mann? Oder war ein Gast angekündigt, den dieser junge Mann nicht kannte? „Nur ein paar gedämpfte Worte mit Meister Utz", sagte er, „könnt ihr mich zu ihm führen?"
Der junge Mann nickte und Tarnus folgte ihm durch den Flur zu einer Treppe, die etwas schief in ein darüberliegendes Geschoss führte. Tarnus prüfte mit der Nase: Der Geruch, den er zunächst für moderig gehalten hatte, verstärkte sich. Nein, das war kein Moder, der zu riechen war, das war der Geruch von Verbranntem, vermischt mit irgendwelchen Kräutern oder Essenzen.

Der junge Mann klopfte in einem bestimmten Rhythmus an eine Tür. „Ja", kam es durch die Tür.
„Euer Besuch ist da, Meister Utz."
„Soll reinkommen."
Der junge Mann öffnete die Tür und trat mit Tarnus in einen Raum, in dessen Mitte ein riesiger Tisch stand. Darauf standen

Tiegel und Schalen, gefüllt mit verschiedenfarbigen Pulvern. Tarnus konnte eine Apparatur erblicken, die aus gläsernen Kolben und Röhren bestand. Darunter brannte eine Flamme und in der Apparatur kochte eine grelle Flüssigkeit, die ihre Farbe ständig änderte. Mit dem Rücken zu Tarnus saß an dem Tisch ein schwarzgekleideter Mann. Er war klein und spinnenfingrig, soweit man die Finger sehen konnte. Der Mann drehte sich um und stand auf. Seine Hakennase wurde sichtbar. Tarnus' Puls ging schneller: Das war sein Mann! Der Spinnenfingrige stutzte und fragte in Richtung des jungen Mannes: „Wen bringst du da? Das ist nicht der Mann, auf den ich gewartet habe." Und zu Tarnus: „Wer seid ihr, was wollt ihr hier?"

„Dieser freundlich junge Mann hat mich hereingelassen", antwortete Tarnus mit höflicher und etwas unterwürfiger Stimme. „Vielleicht eine Verwechslung. Es tut mir außerordentlich leid, dass ich eure Experimente störe. Mir wurde gesagt, dass es bei euch die beste Tinte aus ganz Hamburg gäbe."
„Wer soll das gesagt haben?"
„Ein Mann", wich Tarnus aus. „Seinen Namen hat er mir nicht genannt."
„Wo soll das gewesen sein?" Misstrauisch beäugte der Spinnenfingrige sein Gegenüber.
„Im Brauhaus von Dörte Hendriksen", sagte Tarnus. „Ich war einen Krug Bier trinken und nach Arbeit fragen."
„Was für Arbeit?"
„Na, Schriftsätze verfassen, Briefe schreiben, Zahlenkolonnen addieren." Tarnus war klar, dass er sich nicht verplappern durfte.
„Was hat euch nach Hamburg gezogen?", explorierte der Spinnenfingrige weiter.
Tarnus hob beide Hände. „Was soll ich sagen. Wie es so oft ist, eine Frau."

Der Spinnenfingrige verzog sein Gesicht: „Wegen einer Frau nach Hamburg gehen und später in einem Schankhaus auf dem Kattrepel ein Bier trinken, eine tolle Karriere! Ich sage es euch – das wird eine Buhlschaft gewesen sein."

„Schon möglich", antwortete Tarnus. „Aber was ist mit der Tinte? Könntet ihr mir nicht doch etwas davon überlassen? Wie ich bereits sagte, ihr sollt die beste Tinte weit und breit machen."

„Tinte mache ich ab und an", sagte der Spinnenfingrige, „aber ich verkaufe grundsätzlich nicht an Laufkundschaft. Ich habe ausgewählte Wiederverkäufer, und nur an die gebe ich ab."

„Das muss ich wohl akzeptieren", sagte Tarnus.

„Richtig." Der Spinnenfingrige mit dem Namen Utz nickte. „Das müsst ihr wohl akzeptieren, genauso wie die Tatsache, dass für einen Tintenkleckser wie euch der Weg vom Kattrepel in die Reichenstraße, wo die hohen Herren mit ihren Aufträgen oder Anstellungen sitzen, sehr weit, wenn nicht gar unmöglich ist."

„Ab und zu hatte ich schon einen Auftrag", bemerkte Tarnus. „Doch sagt, Meister Utz", lenkte er ab, „was macht ihr denn da auf dem großen Tisch?"

Meister Utz machte eine große Gebärde, indem er seinen Arm über den Tisch bewegte: „Alle Herrlichkeiten dieser Erde. Essenzen nur vom Feinsten, noch nie dagewesen." Doch dann wurde er schroff. „So, und jetzt geht ihr auf der Stelle. Ich habe zu tun. Linhard, bringe unseren Besucher zur Straße."

Tarnus verbeugte sich. „Danke, Meister Utz, dass ihr mir eure Zeit geschenkt habt."

„Schon gut." Meister Utz setzte sich wieder an den großen Tisch.

Linhard hatte Tarnus zur Eingangstür des gelben Hauses gebracht. Tarnus bedankte sich. „Danke, Linhard. Ich hätte schon von selbst herausgefunden. Doch sagt mir, seid ihr der Gehilfe von Meister Utz?"

„Ja", antwortete dieser, „Meister Utz hat mir eine Anstellung gewährt."

„Sehr großzügig von ihm", bemerkte Tarnus.

„Nun, im Augenblick besteht der Lohn aus einer Kammer und den Mahlzeiten", sagte der junge Mann. „Dafür besorge ich den Haushalt und säubere das Laboratorium. Aber später, wenn ich mich als anstellig erwiesen habe, will mich der Meister seine Kunst lehren."

„Also die magische Kunst, Essenzen zu verfertigen?"

„Genau das." Linhards Gesicht rötete sich.

„Sagt, Linhard, welchem Zweck dienen diese Essenzen?"

„Sie helfen gegen mancherlei Gebrechen, sie sind gut für die Schönheit junger Frauen" – Linhard nahm die Hand vor den Mund, die Rötung seines Gesichtes vertiefte sich und er begann zu flüstern – „und sie helfen, die Manneskraft wieder zu erlangen."

„Das ist wirklich große Kunst und ein Segen, für den, der es nötig hat", bemerkte Tarnus, „aber sagt mir, könnte denn euer Meister nicht auch ein gutes Wort für mich einlegen? Ich brauche dringend eine Anstellung. Euer Meister sprach von der Reichenstraße, in der es Arbeit für einen Schreiber wie mich gäbe. Hat er dahin wohl Beziehungen?"

Linhard schüttelte den Kopf. „Nicht, das ich wüsste. Tut mir leid."

„Schade", seufzte Tarnus. „Dann werde ich eben weitersuchen. Eine Frage habe ich noch: Werdet ihr auch die Kunst erlernen, Tinte herzustellen?"

„Gewiss", antwortete Linhard. „Aber Tinte macht Meister Utz nur in kleineren Mengen. Er macht das schon mit einer gewissen Regelmäßigkeit, aber er achtet darauf, dass die Ware rar bleibt."

Tarnus nickte anerkennend: „Ein guter Geschäftsmann."

Dann verabschiedete er sich von Linhard und ging auf der Süderstraße in die Richtung, aus der er gekommen war.

Nachdenklich verließ Tarnus das Viertel, in dem die Süderstraße lag. Seine Gedanken waren widersprüchlich. Einerseits hatte er den Aufenthalt des Spinnenfingrigen, dieses Meister Utz, feststellen können, andererseits hatte er keine Bezüge dieses Menschen zur Reichenstraße, speziell zu Eike von Bensheim, herstellen können. Immerhin ein Teilerfolg, tröstete er sich. Wenigstens war er näher an diesen Gerüchtemacher herangekommen. Tarnus ging weiter, der Kattrepel war sein Ziel. Wäre Wiebke noch da, wollte er mit ihr über Hannes' Angebot sprechen. Doch vorher wollte er noch einen Blick über den Markt werfen. Vielleicht konnte er noch den Gaukler erspähen. Warum das eigentlich wichtig war, hätte er nicht sagen können, es war eigentlich nur der Versuch, irgendeine zusätzliche Information zu bekommen. Doch als Tarnus den Marktplatz erreicht hatte, stellte er fest, dass die Marktstände bereits abgebaut wurden und von dem Gaukler nichts zu sehen war.

„Da bin ich", rief Tarnus, als er seinen Laden am Kattrepel betrat. Doch dann stutzte er. Eigentlich hätte er irgendeine Antwort von Wiebke erwartet, sei es: „Ich bin in der Küche", oder: „Das Essen ist fertig." Aber er hörte nichts. Er betrat den Ladenraum und schaute vorsichtig durch die Tür zur Küche. Da saß Wiebke, den Kopf in die Hände gestützt, und weinte bitterlich. Ihre Schultern zuckten und die Tischplatte war von Tränen benetzt. Tarnus blieb in der Tür stehen. Er wusste nicht, wie er sich verhalten sollte. Doch da blickte Wiebke schon auf. „Da seid ihr ja, Meister", sprach sie. „Ich werde gleich das Essen machen. Ihr seid doch hoffentlich hungrig?" Doch schon begann sie erneut zu weinen.
Tarnus trat auf Wiebke zu und legte ihr die Hand auf die Schulter. „Was ist es, was dich bedrückt?"
„Ach, Meister", seufzte Wiebke nur.

„Ist etwas mit dem Kind?"

„Nein, es ist kräftig. Ich kann fühlen, wie es sich bewegt. Und heute Morgen habe ich einen Tritt bekommen." Wiebke hob den Kopf und lächelte Tarnus unter Tränen an. „Es war ein kleiner Tritt, aber ich konnte ihn deutlich bemerken."

„Ist es wegen Geerd?", fragte Tarnus weiter.

Wiebke begann wieder zu weinen, doch dann fing sie sich. Langsam und stockend begann sie zu sprechen: „Meister, es war gestern. Ich hatte es beiseitegeschoben und fast vergessen, aber jetzt hat es mich eingeholt."

„Was hat dich eingeholt?", fragte Tarnus sanft.

„Wie gesagt, es war gestern", begann Wiebke zu erzählen. „Da habe ich für die alte Frau Ellmann die Treppe zur Straße gefegt. Sie ist alt und kann das nicht mehr."

„Ich weiß", sagte Tarnus. „Und dann?"

„Da kam eine Nachbarin von Frau Ellmann auf mich zu. Erst kam es mir so vor, als wollte sie plaudern, doch dann fragte sie mich, ob mein Geerd auf der Gelben Drohne angeheuert hätte. Ich sagte ‚Ja' und dann fuhr sie fort, das wäre ja ganz schlimm und ob ich mir schon überlegt hätte, was ich machen würde, wenn ich niedergekommen wäre. Mit einem kleinen Kind könnte ich die Stelle bei der alten Frau Ellmann wohl nicht halten und eine weitere schon gar nicht." Wiebke begann wieder heftig zu weinen.

Tarnus stand da und konnte nur brummen: „Hm."

Wiebke sah ihn wieder an, diesmal zornig. „Meister, ich weiß es genau: Mein Geerd wird wieder zurückkommen. Genauso werden ganz viele Frauen, deren Männer zur See fahren, ihre Männer wiedersehen. Außerdem habe ich das Gesicht gehabt, das macht mich noch sicherer, dass Geerd zurückkehren wird. Aber nur weil ein übles Gerücht über die Gelbe Drohne im

Umlauf ist, das noch nicht einmal bewiesen ist, kann es doch nicht sein, dass die Frauen der Umlandfahrer Ziel hämischer Bemerkungen werden." Wiebke haute auf den Küchentisch. „Nur aufgrund dieser Gerüchte behandelt zu werden wie eine Aussätzige oder die Frau eines Galgenstricks, das ist nicht in Ordnung."

Tarnus schwieg betreten.

„Habe ich recht, Meister?", fragte Wiebke.

„Vollkommen." Tarnus nickte. „Ich finde es auch gut, dass du auf den Tisch gehauen hast."

„Na ja", Wiebke lächelte. „Das ist eigentlich nicht meine Art."

„Ich weiß. Aber manchmal muss es einfach raus. Wiebke, ich weiß ganz genau, was du meinst und wie du fühlst, aber ich kann dir sagen, dass ich heute einen der Gerüchtemacher aufgespürt habe. Das ist schon ein erster Schritt. Ich hoffe, ich kann ihn bald überführen."

„Das ist gut." Wiebke trocknete ihre Tränen und erhob sich. „Meister, wollt ihr gleich essen?"

„Natürlich. Ich habe einen Bärenhunger. Ich denke, es gibt Hering mit Fladenbrot und Dickmilch." Während Wiebke Teller und Löffel deckte, fuhr Tarnus fort. „Ich war heute Morgen bei Hannes dem Bader und habe ihm das Handtuch gebracht mit dem Wappen von Hamburg, welches du hineingestickt hast."

„Und?", fragte Wiebke.

„Hannes war begeistert. Aber dann kam es noch besser. Hannes wollte, dass du in 50 seiner Badetücher das Wappen Hamburgs einstickst. Aber vorher wollte ich dich fragen, ob du das machen würdest."

„Was will Hannes der Bader denn dafür bezahlen?", fragte Wiebke.

„Willst du raten?"

Wiebke wiegte den Kopf hin und her. „An einem Tag könnte ich vielleicht vier oder fünf Wappen schaffen. Wenn man es einmal heraushat, dann geht es schneller. Aber insgesamt müssten schon drei oder vier Witten dabei herauskommen, ihr wisst, das Garn und die eine oder andere Nadel sind nicht umsonst. Fünf oder sechs Witten wären natürlich besser und richtig gut für unseren Laden."

„15 Witten", sagte Tarnus.

„Unglaublich." Wiebke strahlte. „So etwas abzulehnen, wäre doch töricht? Nicht wahr, Meister?"

„Ja, natürlich."

„Dann geht möglichst bald zu Hannes dem Bader und bestätigt den Auftrag, bevor er es sich anders überlegt."

„Ich gehe gleich morgen früh", versprach Tarnus.

VII

Wiebke hatte den Tisch abgedeckt und Teller, Schälchen und Löffel mit einem feuchten Lappen gereinigt. „Alles aufgegessen, Meister, das bringt schönes Wetter."

Tarnus schüttelte den Kopf. „Heute Nacht wird es kalt und frostig werden." Dann strich er sich über den Bauch. „Ich habe viel zu viel gegessen, aber es hat wirklich gut geschmeckt. Ich gehe mal davon aus, dass du die Dickmilch zubereitet hast."

„Sicher, Meister", antwortete Wiebke, „und das Fladenbrot auch. Ursprünglich waren beide Sachen ja für die alte Frau Ellmann, aber den Rest kennt ihr ja."

Wiebke öffnete einen Schrank, holte eine verschlossene Kanne hervor und stellte sie vor Tarnus hin.

„Was ist das?"

„Bier. Bevor ihr kamt, war ich im Brauhaus von Dörte Hendriksen und habe die Kanne füllen lassen." Wiebke schenkte Tarnus ein.

Tarnus nahm einen Schluck. „Lecker, allerfeinstes Exportbier. Wiebke, ich gehe mal davon aus, dass wir uns das leisten können."

„Wir haben in der letzten Zeit recht gut verdient", bemerkte Wiebke. „Ich könnte auch mal wieder Honig kaufen."

„Honig ist für Frauen, die ein Kind erwarten, das Allerbeste." Tarnus trank noch einen Schluck. „Wenn das Geld reicht, dann kaufe genug davon. Kannst du dich erinnern, als Gevatter Bensheim vor langer Zeit ein paar Gläser mit Honig aus dem Alten Land vorbeigebracht hat?"

Wiebke nickte. „Der war wirklich gut. Aber ich weiß von einem Imker, der in der Nähe der alten Frau Ellmann wohnt. Der hat Honig aus der Wedeler Marsch. Der Honig soll auch sehr gut sein. Er ist allerdings nicht umsonst."

„Dann geh hin und probiere ihn. Und wenn er so gut ist wie seinerzeit der Honig von Bensheim, dann nimmst du ihn." Tarnus war froh, mit Wiebke ein unverfängliches Thema besprechen zu können. Er plauderte mit Wiebke weiter, sie sprachen über das Wetter, das Essen für die nächsten Tage und den Auftrag von Hannes dem Bader, welcher, wenngleich mit viel Arbeit für Wiebke verbunden, eine willkommene Mehreinnahme darstellte.

Tarnus trank noch einen Schluck. Dann stellte er den Becher auf dem Küchentisch ab. „So, der Becher ist leer. Die Kanne ist noch halbvoll, die werde ich am Abend leeren. Aber bevor ich das tue, werde ich dich bei der alten Frau Ellmann unter der neuen Stadtmauer abgeben."
„Aber Meister, das ist wirklich nicht nötig."
„Ein kleiner Marsch durch die frische Luft wird uns beiden guttun, mir besonders, denn ich habe zu viel gegessen."
„Wie ihr meint", sagte Wiebke und holte ihren Umhang.
Tarnus wollte sich warm anziehen und holte eine Jacke. Doch dann musste er an das Gespräch mit Hannes denken, welches er nach dem nächtlichen Überfall mit ihm geführt hatte. Er ging noch einmal in den Ladenraum zurück und nahm von einem Tisch ein Handtuch. Mit diesem umwickelte er seinen linken Arm, dann erst zog er die Jacke darüber.
„Was macht ihr da, Meister?", fragte Wiebke.
„Hannes der Bader hat mir geraten, wenn ich abends unterwegs bin, denn Arm zu umwickeln. Ich habe dir doch erzählt, dass ich einmal nachts überfallen worden bin?"
„Ja", sagte Wiebke, „aber das ist es ja. Immer wenn euch etwas zugestoßen ist, dann erzählt ihr nur ausweichend und ungenau, um mich nicht zu beunruhigen."
„Dann will ich dir das kurz erzählen." Tarnus knöpfte seine Jacke zu. „Hannes der Bader hat seinerzeit meinen Kopf

untersucht. Er meinte, wie man hier sagt, ich hätte einen auf den Dassel bekommen, und er vermutete, das wäre durch eine Kugel geschehen, die an einem Strick geschwungen wird."

„So etwas gibt es?" Ungläubig musterte Wiebke ihr Gegenüber. „So etwas gibt es", bekräftigte Tarnus. „Und ich habe da jemanden im Verdacht: Als ich auf dem Markt vorbeiging, sah ich, wie ein Gaukler mit solch einem Gerät Eier, die in die Luft geworfen wurden, zerschmetterte. Wiebke, ich sage dir, das tat er so meisterlich, dass ich aus dem Staunen nicht mehr herauskam."

„Und was hat das mit dem Umwickeln eures Arms zu tun?" „Hannes meinte, damit könnte man einen Angriff mit einem derartigen Gerät abwehren. Vielleicht hat Hannes recht, vielleicht auch nicht. Eigentlich ist es unwahrscheinlich, dass solch ein Angriff kommt. Möglicherweise sehe ich auch nur Gespenster. Das wird daran liegen, dass ich es im Augenblick mit Verbrechern zu tun habe, die ich suchen soll. Weißt du, Wiebke, es gibt Verbrecher, die durch ihre Taten zu Verbrechern werden. Nimm die Diebe, die Schläger und die Mörder. Aber es gibt auch Verbrecher, die nur durch ihre Worte Schaden anrichten. Das sind die Gerüchtemacher und das sind auch finnige Nachbarn, wie du es gestern selbst erlebt hast." Tarnus merkte, dass er immer schneller und wahrscheinlich auch zu viel geredet hatte, doch Wiebke kam ihm zuvor.

„Meister", sagte sie, „immer, wenn ihr über Ungerechtigkeiten sprecht, dann merkt man euren Eifer und eure Leidenschaft. Dazu kommt, dass ihr so gut mit Worten umgehen könnt, dass jeder das verstehen kann. Außerdem: Gerade, vor dem Essen, habt ihr mir wirklich geholfen. Ihr habt einfach nur zugehört und mir zu verstehen gegeben, dass ich mit meinem Empfinden richtig liege." Wiebke machte eine Pause. „Muss ich mir Sorgen um euch machen?"

„Papperlapapp." Tarnus schob Wiebke aus dem Laden und verschloss die Tür.

Die alte Frau Ellmann hatte die Tür verschlossen. Das hätte eigentlich noch nichts gemacht, aber Wiebke stellte bei dem Versuch, die Tür zu öffnen, fest, dass die alte Frau auch den Balken vorgelegt hatte. Es hatte eine Weile gedauert, Frau Ellmann durch Klopfen zu wecken und sie dazu zu bringen, den Balken wegzunehmen. Tarnus hatte sich an der Aktion beteiligt, war zuletzt aber froh gewesen, Wiebke heil in dem Haus unter der neuen Stadtmauer abgeliefert zu haben. Eine gewisse Müdigkeit durchkroch ihn. Wiebke hatte recht: Bei Ungerechtigkeiten nahm er mehr Anteil, als es ihm bekam.

Dunkel war es längst geworden. Dazu war es kalt. Bodenfrost hatte dafür gesorgt, dass die hölzernen Brücken über das eine oder andere Fleet anfingen, rutschig zu werden. Tarnus lenkte seine Schritte Richtung Kattrepel. Bald würde er vertrautes Territorium erreicht haben. Tarnus trottete vor sich hin, einen Fuß vor den anderen setzend, und dachte an das Gespräch mit Wiebke. Doch dann fiel ihm etwas auf. Schritte, kaum wahrnehmbar, waren hinter ihm zu hören. Es war so, als würde sich jemand auf Zehenspitzen an ihn anschleichen. Tarnus blieb stehen und sah sich um. Nichts war zu sehen. Tarnus setzte sich wieder in Gang und erneut meinte er, hinter sich etwas zu hören. Nochmals blieb er stehen und blickte sich um. Waren da die Schemen eines Mannes zu erkennen? Tarnus versuchte, das Dunkel mit den Augen zu durchdringen, dann wandte er sich wieder zum Gehen und beschleunigte seine Schritte. Verdammt, warum waren in diesem Viertel Hamburgs keine Menschen auf der Straße? Und jetzt wieder dieses trippelnde Geräusch – Tarnus sah hinter sich. Auf eine Entfernung von vielleicht 20 Metern sah er einen Mann, der sich in Bewegung setzte. Tarnus konnte keine Einzelheiten erkennen, aber diese kraftvolle Silhouette, diese Bewegungen: Das musste der Gaukler sein. Blitzschnell wurde Tarnus klar, dass er in einem Kampf gegen den Gaukler keine Chance hätte – gegen dessen Behendigkeit und Kraft. „Haltet den Dieb", kam es über seine Lippen, das erste Mal ganz verhalten, aber dann noch einmal: „Haltet den Dieb!", diesmal aus kreatürlicher Not gebrüllt. Es passte nicht zur Situation, aber etwas anderes fiel Tarnus nicht ein.

Eigentlich wollte Tarnus sich zur Flucht wenden, blieb aber doch wie gelähmt stehen. Der Gaukler rannte auf ihn zu. „Haltet den Dieb", krächzte Tarnus ein drittes Mal, hob instinktiv seinen umwickelten Arm und wartete auf den Angriff: Das Zusammenprallen zweier Körper, das nachfolgende Handgemenge. Doch nichts dergleichen – ein Blitz durchzuckte Tarnus' Schädel, seine Glieder wurden schlaff und er sank in sich zusammen. Stille umfing ihn.

VIII

Später

Tarnus vernahm Geräusche, die ihm aber zu laut waren. Dazu bemerkte er eine gewisse Helligkeit. Mühsam versuchte er, einen Arm zu heben. Aber es war ihm zu anstrengend.

Später

Tarnus öffnete die Augen, dann schloss er sie wieder. Die Helligkeit blendete ihn. Er hörte Geräusche, die er nicht zuordnen konnte. Noch einmal versuchte er, seine Augen zu öffnen. Wie Schatten sah er Gesichter über sich. Er fühlte, wie irgendetwas seine Hand berührte, dann schlief er wieder ein.

Später

Tarnus hörte, wie gesprochen wurde. „Jetzt dürfte er endgültig aufwachen." Und eine andere, hellere Stimme sprach: „Dem Himmel sei Dank." Tarnus schlug die Augen auf. Undeutlich sah er Gesichter über sich. Da war das Gesicht eines Mannes über ihm. Dazu kam wenig später das Gesicht einer jungen Frau. Die Gesichter kamen Tarnus bekannt vor, aber er hätte sie nicht benennen können. Tarnus hörte es murmeln: „Geben wir ihm wieder etwas Suppe." Er fühlte, wie er vorsichtig hochgezogen wurde. Etwas stützte seinen Rücken. Dann fühlte er Druck auf seinen Lippen und eine Flüssigkeit gelangte in seinen Mund. Der Geschmack kam Tarnus bekannt vor. Er schluckte. Wieder kam dieselbe Flüssigkeit in seinen Mund und wieder schluckte Tarnus. Aber dann war es ihm zu viel. Er hob eine Hand.

„Lassen wir es genug sein", hörte er, „besser zwei Löffel als einer."

Später

Tarnus kam zu sich. Er atmete tief ein, um zu gähnen. Dann schlug er die Augen auf. Eine junge Frau beugte sich über ihn. Klein war sie und ein wenig verwachsen, aber sie hatte lange, blonde Haare und leuchtend blaue Augen. „Meister", sagte die junge Frau, „ihr seid zurück – endlich." Tarnus wurde eine Lücke in der oberen Zahnreihe gewahr.

„Wiebke?", fragte er zögerlich.

„Ja, Meister, ich bin es", hörte er.

„Was ist passiert, wo bin ich?"

„Das eine ist eine lange Geschichte, Meister, doch davon später. Im Augenblick seid ihr bei Hannes dem Bader."

Tarnus sah ungläubig in Wiebkes Gesicht. „Wie lange schon?"

„Fast zwei Monde", antwortete Wiebke. „Meister", fügte sie hinzu, „ihr habt schwer gelegen, sehr schwer sogar."

„Ich bin so müde", seufzte Tarnus. „Wiebke, lass mich ein wenig schlafen."

„Nein, erst ein paar Löffelchen Suppe. Versucht, euch ein wenig aufzurichten, ich stütze euch."

„Ach lass", winkte Tarnus ab, „erst schlafen."

„Nein, erst essen, Meister." Tarnus wurde hochgezogen. Er fühlte, wie ein Kissen in seinen Rücken gelegt wurde. Danach spürte einen Löffel an seinen Lippen und eine Flüssigkeit in seinem Mund. Er schluckte sie herunter, dann schlief er ein.

Tarnus schlug die Augen auf. Gedämpftes Licht drang in den Raum, in dem er lag. Gleichmäßige Atemzüge drangen an Tarnus' Ohr. Er drehte den Kopf. In einem Stuhl, dessen hölzerne Lehnen mit Blumen bemalt waren, saß eine junge Frau und schlief. Richtig, die junge Frau war Wiebke. Das war klar. Doch Tarnus' Blicke hefteten sich an den Stuhl. Den hatte er schon einmal gesehen, doch wo? Eine Glocke ertönte, erst ein paar Mal tief, dann höher. Tarnus versuchte, die Herkunft des Klanges zu orten, doch es gelang ihm nicht. Unkontrolliert kamen jetzt seine Gedanken und immer wieder erschien ihm ein rotes Wappen auf weißem Grund. „Die Mariensterne, die Mariensterne", murmelte er. Dann erschien wieder der Stuhl mit den blumenbesetzten Lehnen, in dem die schlafende junge Frau saß. Richtig, die Frau war Wiebke, aber wo hatte er diesen Lehnstuhl schon einmal gesehen? Dann ein Blitz, der seinen Kopf durchzuckte, ein heller Blitz, der keinen Schmerz verursachte – Tarnus schrie auf, erschreckt und verstört.

Tarnus schlug die Augen auf. Wenig später beugte sich Wiebke über ihn. „Meister, ihr seid erwacht. Habt ihr Hunger?"
„Einen Bärenhunger", antwortete Tarnus. „Aber mir brummt der Kopf."
„Das wird sich bessern, wenn ihr gegessen habt. Sagt, Meister, wollt ihr ein Stück Fladenbrot versuchen? Und wenn euch danach ist, auch ein Stück Hering?"
„Wann habe ich zuletzt Fladenbrot und Hering gegessen?", fragte Tarnus.
„Das liegt mehr als zwei Monde zurück", bekam er zur Antwort. „Wartet einen Augenblick, dann komme ich mit dem Essen." Wiebke verließ des Raum.
Die Tür ging erneut, ein Mann trat ein und ging zu Tarnus' Lager. Vorsichtig klopfte er Tarnus auf die Schulter. „Mensch, Tarnus, du hast ja wieder die Augen auf und verlangst nach Essen. Wie schön." Die Augen von Hannes dem Bader wurden feucht.
„Hannes", Tarnus drückte Hannes' Hand, „ich hörte, dass ich schon zwei Monde dein Gast bin. Was ist passiert?"

106

„Viel", sagte Hannes, „sehr viel. Du wirst alles erfahren, aber Stück für Stück." Hannes drehte sich zur Tür. „Da kommt Wiebke schon mit dem Essen. Und das steht jetzt im Vordergrund. Weißt du eigentlich, dass du eine prachte Deern hast, wie man hier in Hamburg sagt? Sie hat darauf bestanden, die gesamte Pflege zu übernehmen."

Wiebkes Gesicht rötete sich, aber sie ging nicht auf Hannes' Worte ein. „Hier kommen Fladenbrot und Hering."

„Da bin ich mal gespannt." Tarnus versuchte sich aufzurichten. „Oh, mein Kopf."

„Langsam, langsam", mahnte Hannes. „Tarnus, lass dir Zeit."

„Ich stecke noch ein Kissen in euren Rücken." Wiebke nahm ein Kissen. „So, und jetzt der Hering."

„Einen Moment." Tarnus fiel etwas ein: „Sag mal, Wiebke, habe ich das recht behalten? Du siehst doch Mutterfreuden entgegen?"

„Dat will ik wohl mienen." Stolz zeigte Wiebke ihren vorgewölbten Bauch. „Dann nahm sie Tarnus' Hand und legte sie auf ihren Bauch. „Fühlt ihr die Tritte?"

„Ich habe soeben einen Tritt abgekriegt", bestätigte Tarnus.

Wiebke drehte sich zu Hannes dem Bader. „Habt ihr es gerade mitgekriegt? Meister Tarnus kann sich wieder erinnern! Habt ihr es mitgekriegt?"

„Ich habe es mitgekriegt", brummte Hannes. „Ich gehe mal schnell, sonst fange ich noch an zu heulen."

„Na, Meister, wie ist euch der Hering bekommen?" Wiebke trat in Tarnus' Krankenzimmer, einen flachen Korb am Arm.

„Gut", antwortete Tarnus. „Aber mit dem Essen geht es noch nicht so gut, das Kauen und Schlucken klappt noch nicht so recht."

„Ihr habt es verlernt, ihr habt fast zwei Monde nur Flüssiges zu euch genommen."

„Wie habt ihr mich ernährt?"

„Meister Hannes versteht sich auf Kräuter. Er hat aus diesen Kräutern Aufgüsse und Extrakte zubereitet. Manche Sachen hat er auch besorgt. Zunächst war es nötig, euch erst einmal in Schlaf zu versetzen und dann dafür zu sorgen, dass er dauerhaft und tief war. Darum hat sich Meister Hannes gekümmert. Und ihr durftet ja nicht zu sehr vom Fleisch fallen. Da habe ich versucht, euch alles einzuflößen, was nahrhaft ist: Suppe, Bier, alles was ging." Wiebke stellte den flachen Korb auf dem Lehnstuhl ab.

„Was gibt es heute?"

„Seht selbst." Wiebke wies auf den Korb. „Fladenbrot, Dickmilch und zum Abschluss einen Krug Bier."

„Bier?", fragte Tarnus.

„Richtig, Bier. Damit ihr ein oder zwei Stündchen schlafen könnt. Ihr seid noch zu schwach, um den ganzen Tag aufzubleiben."

„So schlimm ist es?", fragte Tarnus, „ich meine, so schlimm war es?"

Wiebke nickte ernst. „Ihr habt schwer gelegen."

„Wiebke, was in aller Welt ist mit mir passiert?"

Wiebke ging zum Korb und holte ein Schälchen heraus. „Erst die Dickmilch. In die taucht ihr das Fladenbrot, das ich in kleine Stückchen gebrochen habe."

„Wiebke, was ist mit mir passiert?"

„Dafür ist Hannes der Bader zuständig, ich meine natürlich: Meister Hannes. Er ist der Chirurgicus, er kann euch das besser erklären." Wiebke schluckte. „Er ist der beste Chirurgicus, den man sich denken kann", fügte sie hinzu.

„Das weiß ich", antwortete Tarnus. Dann nahm er ein Stück Fladenbrot aus Wiebkes Hand und tauchte es in die Dickmilch.

Hannes der Bader setzte sich an Tarnus' Lager. „Wieder erwacht?", fragte er Tarnus.

„Wieder erwacht", wiederholte Tarnus. „Nach dem Krug Bier kein Wunder, dass ich geschlafen habe."

„Manchmal ist so etwas nötig." Hannes fingerte an seiner Kleidung. „Tarnus, weißt du, was passiert ist?"

„Ich kann mich an gar nichts erinnern. Ich weiß nur, dass ich hier seit etwa zwei Monden liege und, wie Wiebke sagte, schwer gelegen habe."

Hannes sah erst aus. „Sehr schwer, in der Tat."

„Was genau?", wollte Tarnus wissen.

„Ich sage es jetzt ganz nüchtern aus der Sicht eines Chirurgicus: Du hattest einen Schlag auf den Kopf bekommen. Die Haut war aufgesprengt und darunter war gebrochener Knochen zu sehen. Zum Glück schien von diesem Knochen nichts ins Hirn gedrungen zu sein. Aber du hattest den Schlag trotz dieses scheinbaren Glücks nicht gut vertragen: Du gerietest in konvulsivische Zuckungen und die Zunge drohte in deinen Schlund abzugleiten, ich denke, irgendeine Blutung."

„Und dann?", fragte Tarnus betreten.

„Dann mussten wir dich in tiefen Schlaf versetzen und dafür sorgen, dass du weiterschliefst. Außerdem musste ich die Zunge an deiner Unterlippe annähen. Du wirst es noch merken, wenn du isst oder trinkst."

Tarnus kaute an seiner Unterlippe. „Stimmt."

„Tarnus", sagte Hannes, „ich glaube, das reicht für heute." Er stand auf. „Wiebke wird dir gleich das Abendbrot reichen. Und dann wirst du schlafen. Wir sprechen irgendwann weiter."

Hannes ging zur Tür.

„Danke, Hannes." Tarnus hob eine Hand.

Tarnus blinzelte. Es war hell in seinem Zimmer. Er öffnete die Augen und sah sich um. Da sah er Wiebke in dem Lehnstuhl

sitzen und mit einer Näherei beschäftigt. „Aufgewacht?", hörte
er sie fragen.

„Ja, aufgewacht. Mit was für einer Näherei beschäftigst du dich
gerade?"

„Stickerei", verbesserte Wiebke. „Ich arbeite an dem Wappen,
erinnert ihr euch?"

„Du musst mir auf die Sprünge helfen."

„Es war doch vereinbart, dass ich in die Badetücher von Hannes
dem Bader das Wappen Hamburgs einsticke."

„Hm", machte Tarnus. „Lass mich einen Moment nachdenken.
Doch, doch, ich glaube, langsam kommt es. War es nicht so, dass
Hannes mit diesem Wappen den Frauen der reichen Handels-
herren imponieren wollte?"

„Genau. Es ist schön, dass ihr euch daran erinnern könnt."
Wiebke legte ihre Stickarbeit beiseite und stand auf. „Ich werde
euch jetzt mit Essen und Trinken versorgen."

„Essen und Trinken ist gut, aber mit dem Erinnern ist das so eine
Sache. Wiebke, manchmal ist mein Kopf so leer …"

„Meister, das wird wieder. Setzt euch nicht unter Druck.
Gedanken verlaufen auf Pfaden, die man wiederfinden muss. So
hat es mir Hannes der Bader erklärt."

„Hannes ist ein kluger Mann."

„Und gutherzig", ergänzte Wiebke. „Als ihr zu ihm gebracht
wurdet, hat er auf der Stelle diese Stube für euch bereitgestellt.
Seht, da wo sich euer Lager befindet, stand ursprünglich ein
Badezuber."

Tarnus ließ seine Blicke schweifen. „Stimmt, Wiebke." Er
wollte weiterreden, doch da klopfte es an der Tür und sie wurde
geöffnet: Carl von Bensheim trat ein.

„Tarnus", sagte er mit belegter Stimme. Er sah erschreckt aus.

„Soll ich mich entfernen?", fragte Wiebke.

„Ja, vielleicht, doch, nein, nicht nötig." Bensheim hielt einen
Leinenbeutel in der Hand. Den streckte er Wiebke hin. „Honig

aus dem Alten Land. Aus bester Tracht." Bensheim räusperte sich und wandte sich wieder Tarnus zu. „Der wird euch guttun." Tarnus bedankte sich bei Bensheim. „Ich kann mich nicht mehr an jede Einzelheit erinnern, aber solchen Honig habt ihr mir schon einmal geschenkt. Da hatte ich einen Verwandten von euch gefunden."

„Ihr meint Diethelm Fuhlenbüttel?"

„Ja, Diethelm Fuhlenbüttel, richtig, so hieß er." Tarnus machte eine Pause. „An manche Dinge kann ich mich erinnern, aber nicht an alle." Dann schwieg er und die anderen Menschen im Raum auch.

„Wollt ihr euch nicht setzen, Meister Bensheim?" Wiebke brach das Schweigen.

„Nein, nicht nötig, ich wollte nur kurz nach euch sehen, Tarnus", sagte Bensheim, „wie es euch geht, ihr wisst schon."

„Danke", sagte Tarnus.

„Es war ein feiger Mordversuch", platzte es aus Bensheim heraus. Schwer atmend ließ er sich in dem Lehnstuhl nieder. „Ich gehe mal davon aus, dass ihr euch nicht mehr erinnern könnt."

„Bedaure, nein", antwortete Tarnus.

„Das hätte ich mir denken können", sagte Bensheim. „Ich muss als Gerichtsherr die Angelegenheit untersuchen und da muss ich euch befragen."

„Natürlich", sagte Tarnus.

„Aber das ist es nicht." Bensheim hieb mit seiner Hand auf die Lehne des Stuhls. „Ich mache mir Vorwürfe, dass ich euch mit dieser Mission betraut habe, große Vorwürfe sogar. Ich wusste nicht um die Gefahren, die damit verbunden waren." Bensheim hatte sich wieder in der Gewalt. Er stand auf. „Entschuldigt, dass ich mich habe gehen lassen. Dazu noch in eurer Gegenwart, in eurem Zustand."

„Schon gut." Tarnus fühlte, dass er wieder müde wurde.

„Wollt ihr vielleicht einen Krug Bier zu euch nehmen, Meister Bensheim?", bot Wiebke an.

„Nein danke, ich wollte gleich gehen. Aber das ist es!" Bensheim sah erleichtert aus. „Tarnus, ich lasse euch eine Kanne mit meinem besten und ältesten Met bringen. Der wird euch guttun." Hastig verabschiedete sich Bensheim.

„Soll ich euch hinausbegleiten?", fragte Wiebke.

„Danke, nicht nötig." Bensheim ging zur Tür und schloss diese von außen.

„Der hatte es aber eilig", meinte Tarnus.

„Ich denke, er kann es nicht ertragen, euch in diesem Zustand auf dem Krankenlager liegen zu sehen. Er macht sich Vorwürfe."

„Sehe ich so schlimm aus?", fragte Tarnus.

Wiebke schlug sich die Hände vor den Mund. „Ich hätte über euren Zustand nicht sprechen dürfen."

Tarnus ließ nicht locker. „Wiebke, Hannes der Bader hat doch sicher so ein neumodisches Gerät wie einen Spiegel im Haus?"

Wiebke nickte. „Möglich. Aber das ist keine gute Idee."

„Frag Hannes den Bader nach dem Spiegel." Tarnus schloss die Augen. „Ich werde ihn fragen", hörte er noch, dann war er eingeschlafen.

Tarnus lag auf seinem Lager und musterte die Decke. Es hörte ein kurzes Klopfen, dann öffnete sich die Tür. Hannes kam herein. „Ausgeschlafen?"

„Jetzt ja, aber ich war wohl erschöpft."

„Wundert es dich?" Hannes stellte einen Gegenstand auf dem Lehnstuhl ab. Der glich einem Bild in einem hölzernen Rahmen.

„Was ist das?", fragte Tarnus.

„Ein Spiegel, den hast du doch haben wollen."

„Hannes, hast du denn überhaupt Zeit für derartige Sonderwünsche?"

„Im Augenblick ist nicht viel zu tun. Da nehme ich mir die Zeit. Später am Tag wird es anders aussehen. Hoffentlich." Hannes lachte. Dann wechselte er das Thema. „Wiebke habe ich weggeschickt, sie soll sich mal ausschlafen. Tarnus, wie ich schon sagte, du hast eine prachte Deern. Wie sie dich gepflegt hat die ganzen Wochen, das war wirklich großartig. Eines will ich dir noch erzählen, aber sag es nicht weiter."

„Versprochen."

„Kannst du dich noch an die Sache mit dem Hamburger Wappen erinnern?"

„Schwach." Tarnus verzog das Gesicht. „Irgendetwas mit 15 und 50. Ja, 15 und 50 habe ich noch im Gedächtnis. Hannes, meinst du, das wird wieder?"

„Sicher. Die Erinnerung kommt zurück. Das kann ich deutlicher sehen als du. Erst konntest du keinen von uns erkennen und heute kannst du sprechen und dich richtig unterhalten. So, und jetzt erzähle ich dir die Geschichte zu Ende: Wir beide hatten vereinbart, dass Wiebke in 50 meiner Badetücher ein Wappen von Hamburg einsticken solle. Und dafür wollte ich 15 Silberlinge geben."

„Ja, stimmt, ich kann mich dunkel erinnern."

„Sie hat inzwischen die meisten Wappen eingestickt. Nun, sie konnte auch nicht in dem Tempo arbeiten wie sonst, weil sie dich ja gepflegt hat. Aber dann hat sie mir gesagt, dass ich dafür nicht bezahlen darf, weil du ja hier als Gast, besser gesagt als Patient in diesem Haus weilst. Ihre Arbeit gegen meine. Wenn alle Leute so viel Ehrgefühl hätten ..." Hannes schwieg eine Zeit lang und wartete, bis Tarnus sich die Tränen aus den Augen gewischt hatte. Dann zwinkerte er Tarnus zu: „Weißt du, was ich mir überlegt habe? Wiebke wird bei mir entbinden und dann wird ihr Kind in ein Tuch eingehüllt mit dem Wappen von Hamburg – wie das Kind aus einer ganz reichen Familie. Ich glaube, das hat sie verdient."

„Eine gute Idee", sagte Tarnus. Dann wechselte er das Thema. „Hannes, was ist mit mir passiert? Aus der Sicht des Chirurgicus weiß ich es schon, aber sonst? Bensheim sprach von einem feigen Mordversuch."

„Wenn du es hören willst." Hannes sah ernst aus.

„Irgendwann muss ich es hören."

„Na gut." Hannes begann. „Es muss wohl auf dem Nachhauseweg gewesen sein – du hattest Wiebke bei der alten Frau Ellmann abgegeben. Da hat dich jemand überfallen. Er hat dir mit einer Kugel, die an einer Reepschnur befestigt war, einen über den Schädel gezogen. Du erinnerst dich an den Namen dieses Instruments?"

„Sag ihn mir."

„Öseler Kugel oder Öseler Keule."

„Stimmt, ich erinnere mich."

Hannes fuhr fort. „Nur gut, dass du die Wucht der Kugel mit einem umwickelten Arm etwas abbremsen konntest, sonst wärest du nicht hier. Tarnus, ich bin wirklich froh, dass du auf mich gehört hast und den Arm umwickelt hattest." Hannes schüttelte den Kopf. „Nicht auszudenken …"

„Weiter", sagte Tarnus und starrte gegen die Zimmerdecke.

„Du hattest vor dem Überfall gerufen: ‚Haltet den Dieb'. Das war nicht ganz richtig, aber wirkungsvoll. Einige Leute hatten das gehört. Sie sahen, dass ein Überfall stattgefunden hatte. Die einen kümmerten sich um dich und brachten dich zu mir, die anderen nahmen die Verfolgung auf."

„Haben sie den Täter erwischt?"

„Ja und nein. Du weißt, es war an diesem Abend glatt. Als der Täter mit Schwung um eine Ecke lief, um auf eine hölzerne Brücke zu gelangen, rutschte er aus und fiel ins Fleet. Und das wurde ihm zum Verhängnis: Im Fleet steckte eine metallene Stange. Er wurde aufgespießt." Wieder schwieg Hannes eine Weile. Dann redete er weiter: „Ich gönne es ihm, diesem

Schwein. Weißt du, aus welchem Holz die Kugel war? – Es war
Ebenholz, das schwerste Holz, das es gibt."
Tarnus starrte an die Decke. „Weiß man, wer der Täter war?"
„Bensheim hat es herausgefunden: Es war ein Gaukler. Er ist
sich ziemlich sicher, dass es der Gaukler war, hinter dem du her
warst."
Tarnus starrte weiter an die Decke: „Hannes, warum? Wer tut so
etwas?"
Hannes zuckte mit den Schultern. „Wir werden es wohl nicht
herausfinden, aber dieser Gaukler tut so etwas nie wieder."
Tarnus starrte weiter gegen die Decke. „Hannes, du wolltest mir
doch den Spiegel reichen."
„Nicht jetzt."
„Jetzt." Tarnus setzte sich auf. Seine Stimme klang rau. „Jetzt,
dann habe ich es hinter mir."
„Wie du meinst." Hannes holte den hölzernen Rahmen, in
dessen Mitte sich vorgewölbtes spiegelndes Glas befand, und
hielt ihn Tarnus vor.

Tarnus lag auf seinem Krankenlager und blickte gegen die
Decke. Ein zerfurchtes, bärtiges Gesicht erschien ihm, die
Augen tief in den Höhlen, die Lippen aufgesprungen – das sollte
er, Roberecht Erik Tarnus, sein? Äußerlich ein Wrack – und
innerlich sah es nicht besser aus. Niemand erwartete von ihm,
dass er sich an irgendetwas erinnern konnte und er selbst wusste
nicht einmal zu sagen, in welcher Mission er zuletzt unterwegs
gewesen war. Tarnus drehte sich zur Seite, seine Schultern
begannen zu zucken und er ließ seinen Tränen freien Lauf.

IX

„Meister, quält euch nicht damit, dass ihr euch noch nicht an alles erinnern könnt." Wiebke sprach auf Tarnus ein, während dieser auf seinem Lager saß und die Beine baumeln ließ. „Immerhin habt ihr euch noch daran erinnern können, dass ich ein Kind erwarte."

„Wie sollte ich etwas so Schönes vergessen können?" Tarnus lächelte. „Außerdem, ich quäle mich nicht. Es geht mir nur alles viel zu langsam.

„Ohne Geduld geht es aber nicht."

„Hannes hat mir einen Weg gezeigt, wie die Erinnerung schneller zurückkommen kann. Mal sehen, ob es klappt."

„Erzählt." Wiebke guckte neugierig.

„Er weiß ja, mit welchem Auftrag ich vor meinem Unfall unterwegs war und er kann sich an viele Sachverhalte, die wir seinerzeit besprochen haben, erinnern. Da gibt er mir Stichworte und redet darüber. Und ich versuche, seine Worte zu ergänzen."

„So ganz kann ich das nicht verstehen."

„Ich will dir ein Beispiel geben: Hannes sagt das Stichwort ‚Schonenfahrt' und redet ein wenig darüber. Und ich ergänze dann alles, was mir dazu einfällt."

„Meister, als wir über Hannes Auftrag mit dem Wappen von Hamburg geredet haben, da gab es Hering mit Dickmilch. Das fällt mir dazu ein."

„Genau", sagte Tarnus. „Alles sagen, was einem dazu einfällt."

„Alte Frau Ellmann", sagte Wiebke.

Tarnus überlegt einen Moment. „Wasserbad."

„Was?"

„Ja, die alte Frau Ellmann hat dich die Kunst des Wasserbads gelehrt.

„Stimmt."

„Da fällt mir noch mehr ein: Schweinebacken mit Pastinaken im Wasserbad."

„Was noch?"

„Einkaufen, Markt. Moment, da ist noch etwas. Richtig: Gaukler."

„Meister, was tut der Gaukler?"

„Jonglieren mit hellen, flinken Augen, Bauchreden. Jemand wirft ein Ei in die Luft, das dann zerkracht, scheinbar ohne Grund."

„Kommen wir besser auf die alte Frau Ellmann zurück."

„Nein, bleiben wir beim Gaukler. Kraftvoll, stark, behende, der umwickelte Arm, ich strecke ihn hoch. Dann ein Blitz ..." Tarnus wischte sich den Schweiß von der Stirn.

„Meister, das ist zu hart für euch."

Tarnus wollte etwas erwidern, da wurde es laut in Hannes' Haus. „Wo ist sie, wo ist sie?", hörte er es rufen. Eine Frauenstimme rief: „Aber ihr könnt doch nicht so einfach hier eindringen", doch dann ertönte Hannes' Stimme: „Geht hoch, sie ist in der Stube."

Getrappel auf der Treppe, die Tür wurde aufgerissen und ein junger Mann stand darin: „Wiebke!"

„Geerd." Wiebke fiel Geerd in die Arme, der sie festhielt. Doch dann löste er sich von Wiebke und zeigte auf ihren Bauch „Sag mal, ist da ein lütter Schiemannsmaat drin?"

„Ein ganz lütter." Zärtlich drängte sich Wiebke an ihren Geerd und küsste ihn. „Endlich zurück."

„Ja, endlich zurück", wiederholte Geerd. Und dann hüpfte er mit seiner Wiebke in den Armen so herum, dass sich die Dielen bogen. „Schiemannsmaat, Schiemannsmaat." Von unten kam Hannes' kräftige Männerstimme: „Geerd, n' büschen weniger

Krach, du bist hier nicht in der Jammerbucht." Doch dann rief diese Stimme: „Leute, die Gelbe Drohne ist zurück!"

Da wurde es in der großen Stube laut. Man hörte freudige Rufe, man hörte es klatschen und zuletzt kam aus der großen Stube ein rhythmischer Gesang: „Gel-be Droh-ne, Gel-be Droh-ne, Gel-be Droh-ne."
Tarnus ließ die Beine im Takt baumeln, dann wandte er sich an die beiden: „Kinder, bevor ihr hier die Bude abbrecht, geht nach Hause. Ihr habt doch eine Kammer bei der alten Frau Ellmann."
„Meister, wo genau?"
„Die alte Frau Ellmann hat ihr Haus unter der neuen Stadtmauer."
Wiebke löste sich von Geerd und eilte zu Tarnus. „Meister, ihr habt es wieder drauf." Sie drückte Tarnus einen Kuss auf die Wange. Dann warf sie sich wieder in Geerds Arme. „Ich wusste, dass du zurückkehren würdest."
„War das ein Ritt durch die Jammerbucht! Aber immer das Bild meiner Wiebke vor mir. Und dann halte ich sie in meinen Armen und sehe, ich werde Vater." Geerd schlug die Hände vor das Gesicht. „Ich fasse es nicht, ich fasse es nicht."
„Nun geht schon, Kinder. Wenn die Leute unten in der großen Stube erst einmal anfangen zu feiern, dann kommt ihr hier nicht mehr raus", mahnte Tarnus.
„Komm schon, Geerd." Wiebke nahm Geerd an die Hand und zog ihn aus Tarnus' Krankenzimmer.

Später saß Tarnus mit Hannes in seiner Stube, er auf seinem Lager, Hannes in dem großen Lehnstuhl mit dem Blumen-muster. Hannes hatte eine große Kanne und zwei Gläser mitgebracht. Er schenkte ein. „Bensheim hat diese Kanne mit altem Met abgeben lassen. Mal sehen, wie der ist."

„Bensheim hat Met von der allerbesten Sorte. Einmal hat er mir davon angeboten."

„Na, mal sehen." Hannes hielt seine Nase über das Glas. „Riecht gut."

Tarnus leerte sein Glas und stellte es ab. „Schmeckt auch gut." Hannes tat es ihm nach. „Stimmt." Er schenkte nach. „Lassen wir es uns gutgehen." Er schnüffelte an seinem Glas. „Weißt du, Tarnus, ich könnte heute die ganze Kanne allein leeren. Ich bin ja so froh, dass du auf dem Weg der Besserung bist."

„Hannes, und ich bin so froh, dass deine Methode wirkt."

„Die Suchmethode meinst du? Ist doch klar: Wenn ich dich frage, worüber du gestern nachgedacht hast, dann ist das schwerer zu beantworten als wenn ich dich frage, was genau du gestern gemacht hast. Du wirst sagen, du warst einkaufen, dann warst du bei Hannes dem Bader. Der hat dich beim Rasieren geschnitten. Danach hast du dich über Bensheim geärgert, weil er dir keinen Met angeboten hat. Und in diesem Zusammenhang kommt dann heraus, dass du in Sachen ‚Gelbe Drohne' unterwegs warst."

„Völlig einleuchtend, sehr schlau."

„Ja, manches lernt man auch in Livland", sagte Hannes nicht ohne Stolz.

„Pernau?", fragte Tarnus vorsichtig.

„Richtig. Pernau, meine Heimatstadt. Tarnus, die Methode ist wirklich gut."

Tarnus nahm sein Glas, dann druckste er herum. „Hannes, ich will dir nicht zu nahe treten, aber du hast doch sicher viele Ausgaben gehabt, was mich betrifft. Du hast einen laufenden Geschäftsbetrieb und trotzdem diese Stube für mich bereitgestellt. Da reichen doch die 15 Silberlinge, du weißt, die Angelegenheit mit dem Wappen, sicherlich nicht aus."

Hannes hob die Hand und wischte durch die Luft. „Bensheim kommt für alles auf. Es war ihm ganz wichtig. Ich werde für ihn eine Abrechnung erstellen, er wird sie bezahlen und dann ist es gut. Und die 15 Silberlinge bekommst du zurück."

„Aber Wiebke hat doch die Stickerei gemacht?"

„Das stimmt. Aber wie ich gehört habe, hast du für eine ganze Zeit die Erziehung von Wiebke übernommen. Nein, Wiebke und Tarnus sollte man nicht trennen. Mal gibt der eine, dann der andere."

Hannes trank sein Glas leer. „Tarnus, nimm es mir nicht übel, dieser Met ist eigentlich für dich. Aber ich würde mich gern über die ganze Kanne hermachen, auch auf die Gefahr hin, dass ich morgen einen dicken Kopf habe. Einverstanden, wenn ich dir einen Krug Bier hole?"

„Einverstanden." Tarnus grinste. „Du hast es dir verdient."

Hannes stand auf. „Ich werde dann mal einen Krug für dich zapfen. Übrigens – fast hätte ich es vergessen, da hat heute ein Mann namens Gilg nach dir gefragt. Er hätte gehört, dass ein gewisser Erik überfallen worden wäre. Er konnte dich so genau beschreiben, dass kein Zweifel daran war, dass du gemeint warst. Er war wirklich in Sorge."

„Was hast du ihm gesagt?"

„Ich habe ihm einerseits gesagt, dass du auf dem Weg der Besserung wärest, ihn aber andererseits gebeten, auch mal etwas von sich zu erzählen, woher er dich kennt. Da erzählte er mir, dass er Schankwirt auf dem Kattrepel wäre und eine Schänke namens ‚Reeperdaddel' führe. Tarnus, ich wusste ja nicht, dass du in den allerhöchsten Kreisen verkehrst." Hannes lachte. „War ein Scherz. Dieser Gilg scheint mir ein ganz angenehmer Zeitgenosse zu sein."

„Gilg ist in Ordnung. Er hat einen Auftrag für mich. Wenn ich wiederhergestellt sein sollte, und ich hoffe, das werde ich, dann

kann ich ihn ausführen." Tarnus sah auf. „Und jetzt holst du mir das Bier, bevor du die Treppe herunterfällst."
„Wird gemacht." Hannes der Bader verließ die Stube.
Tarnus sinnierte: Wann war er das erste Mal im „Reeperdaddel" aufgetaucht? Richtig, da war er ohne Plan eingekehrt und hatte sich an den Tresen gestellt. Dann hatte er ein Gespräch belauscht. Das war es! Hier Gaukler, dort spinnenfingriger Mann, der mehr Gerüchte über die Gelbe Drohne forderte. Spinnenfingriger Mann, wo noch? Süderstraße, Alchimist, Tintenmacher. Tarnus fiel einiges ein. „Hannes", rief er, „wie lange brauchst du noch?"
„Bin schon auf der Treppe", kam es von unten, „einen Moment."

Hannes stellte den Krug mit frisch gezapftem Bier vor Tarnus hin und goss sich aus der Kanne Met ein, während Tarnus von dem Spinnenfingrigen sprach, an den er sich erinnern konnte.
„Hannes, ich kann mich an diesen spinnenfingrigen Menschen erinnern."
Hannes nickte. „Wirklich gut. Aber Bensheim hat mir auch davon erzählt. Er wusste von dir, dass du hinter dem Spinnenfingrigen her warst, weil du eine Beziehung zwischen ihm und seinem Vetter Eike vermutetest. Als Erstes hat er sich ermannt und mit seinem Vetter ein Gespräch geführt. Da haben sie ihre Abneigungen, aber auch ihre Gemeinsamkeiten besprochen und Vetter Eike hat versichert, dass er nichts damit zu tun hat. Und dann hat Bensheim jeden Stein, den es in Hamburg gibt, umgedreht, um den Spinnenfingrigen zu fassen. Du weißt, Bensheim hat viel Einfluss in Hamburg und verfügt über viele Möglichkeiten, sei es aus dem Amt als Rats- und Gerichtsherr, sei es als reicher Handelsherr."
„Haben sie den Spinnenfingrigen am Ende gefasst?", fragte Tarnus.

„Ja, das haben sie. Das hat Bensheim vollbracht. Ich weiß es genau. Aber was später daraus geworden ist, das weiß ich nicht. Darüber hat Bensheim nichts verlauten lassen." Hannes trank sein Glas aus und schenkte sich wieder ein.

Tarnus nippte an seinem Krug Bier. „Hannes, Zeit, zu Bett zu gehen."

Hannes trank sein Glas leer. Dann schüttelte er Bensheims Kanne. „Ein bisschen ist noch drin. Das werde ich noch austrinken." Dann sah er Tarnus an. „Weißt du, als sie dich zu mir brachten, da stand mir das Wasser in den Schuhen. Ich, der allseits gut beleumundete Chirurgicus, sollte es richten. Einen Freund retten, der eigentlich …" Hannes brach ab und schenkte sich den Rest aus der Kanne ein.

„Lass es gut sein, geh schlafen." Tarnus trank von seinem Bier. Dann sah er, dass Hannes auf dem Lehnstuhl, der Blumenmotive zeigte, eingeschlafen war. Tarnus schaute in seinen Bierkrug. Ein Rest war noch drin. Die Gelbe Drohne war zurück. Das war eigentlich schön. Aber es war viel geschehen – viel zu viel.

X

Tarnus stand an Bord des Ewers, der ihn nach Elmshorn bringen sollte. Das Schiff machte, begünstigt durch eine steife Brise, schnelle Fahrt und es würde nicht mehr lange dauern, bis die Mündung der Krocker Aue erreicht wäre. Von dort würden sie bis Elmshorn treideln. Als Tarnus diesen Ewer zum ersten Mal gesehen hatte, war er verwundert gewesen: Solch eine Takelung hatte er noch nie gesehen. Aber jetzt wusste er darüber Bescheid. Gilg hatte ihm dies nicht ohne Stolz erklärt. Anders als bei den Koggen, bei denen das Rahsegel quer zum Schiff angebracht war, war bei diesem Ewer das Segel längs zum Schiff angebracht. Das bedeutete auf der einen Seite eine bessere Manövrierfähigkeit und eine höhere Geschwindigkeit. Auf der anderen Seite musste man bei einer Wende den Kopf einziehen, um nicht von der Rundstange, die das Segel nach unten begrenzte, getroffen zu werden. Und das konnte und wollte sich Tarnus nicht erlauben.

Klar, er war weitgehend gesundet: Auf dem Kopf hatte er nur noch eine hässliche Narbe, die ihn längst nicht mehr störte, und bei einem Wetterumschwung schmerzte der Kopf. Und ein Bein zog er noch nach. Aber das würde sich noch bessern. Das hatte zumindest Hannes gesagt, und der musste es doch wissen. Aber wenn Frietz, der Schiffer, eine Wende ankündigte, dann zog er, Tarnus, doch den Kopf lieber ein bisschen tiefer ein, als es nötig war.

„Krocker Aue." Frietz wies auf die andere Elbseite.
„Wende?", fragte Tarnus.
„Klar, du Landratte, zieh den Kappes ein."

Tarnus tat wie geheißen. In wessen Sold Frietz stand und wem der Ewer wirklich gehörte, das wusste Tarnus nicht. Das war auch nicht seine Aufgabe. Seine Aufgabe war es, Gilgs Hof wieder auf Vordermann zu bringen. Anders als vermutet, waren die schwindenden Erträge des Hofes nicht auf den Vorsatz des Verwalters zurückzuführen. Nein, Petter, der Verwalter, wurde langsam ein bisschen tüddelig. Wer konnte es ihm verdenken? – Er zählte ja auch schon über 60 Lenze. Es gab genug zu tun: Erst hatte sich Tarnus ein Bild von der allgemeinen Lage machen müssen und dann in die Einzelheiten eintauchen müssen. Jetzt musste er noch mit Gilg besprechen, wie man die Erträge des Hofes wieder steigern könnte. Da war es gut gewesen, dass er seinen Laden am Kattrepel heruntergefahren hatte: Er hatte darauf verzichtet, weitere Textilien anzukaufen und nach und nach den Bestand verkauft. Und Wiebke? Die hatte ihm geholfen, solange sie es noch konnte. Dann war sie niedergekommen. Auf welchen Namen war der kleine Schiemannsmaat getauft worden? Tarnus lächelte versonnen. Natürlich Geerd. Was wäre gewesen, wenn es ein Mädchen geworden wäre? – vermutlich hätte es Wiebke geheißen. Nun, die jungen Leute mussten für den Namen eines zweiten Kindes wahrscheinlich etwas länger nachdenken. Im Augenblick wohnte die kleine Familie bei der alten Frau Ellmann. Die sah es gerne und konnte die Hilfe wirklich gut brauchen. Die Gelbe Drohne lag noch im Hafen, sie hatte sich auf ihrer Jungfernfahrt bewährt, aber es war noch einiges an der Takelage zu verbessern. Und später würde Geerd als Schiemannsmaat auf die nächste große Reise gehen.

Der Ewer landete an der Mündung der Krocker Aue an. Die Treidel-Mannschaft kam an Bord. Jetzt würde ein kompliziertes Spiel beginnen, das eine eingespielte Mannschaft erforderte: Teils von Pferdekraft gezogen, teils mit Segelunterstützung, ging es mit dem Schiff die Krocker Aue flussaufwärts Richtung Elmshorn. Dabei war es nicht selten notwendig, das Schiff mit Stangen vom Ufer fernzuhalten. „Damit hast du nichts zu tun", hatte Gilg zu ihm gesagt. „Keine körperliche Arbeit, das machen meine Leute. Du bist für den Hof zuständig."

Tarnus saß am Bug des Ewers und milde Sonne durchflutete ihn. In seinem Rücken hörte er Befehle, manchmal ein derbes Scherzwort und manchmal das Wiehern eines Pferdes, doch es waren für ihn nur Hintergrundgeräusche, die nicht störten. Das letzte Gespräch mit Bensheim kam ihm in den Sinn. Da hatten die beiden über das gesprochen, was hinter ihnen lag.
„Und am Ende habt ihr den Drahtzieher gefasst."
„Ihr meint diesen Utz, den Alchimisten und Tintenmacher? Ja, den habe ich fassen lassen." Bensheim hatte genickt. „Ich hatte natürlich nicht sämtliche Informationen, die ihr zusammengetragen hattet. Ich wusste aber immerhin, dass dieser Mensch spezielle Merkmale aufwies. Ihr wisst schon, verfärbte Fingerkuppen, Hakennase und Spinnenfinger. Irgendwie musste er mit Tinte zu tun haben. Nun, wir haben zunächst alle Schreiber überprüft – Fehlanzeige. Dann haben wir weitergeforscht, gesucht und gefragt, ganz systematisch, bis wir den Mann dann in der Süderstraße gefunden haben. Ein Tintenhändler hatte uns einen Hinweis gegeben."
„Wilm?", hatte Tarnus gefragt.
„Schon möglich. Entscheidend war, dass wir ihn hatten. Tarnus, es ging um Mittäterschaft bei einem Mordversuch!"
„Ich weiß", hatte Tarnus gesagt und sich unwillkürlich an seine Narbe gegriffen. „Und dann?"
„Letztendlich haben wir ihn der Stadt verwiesen. Und warum? Weil er seine Abgaben nicht gezahlt hatte." Weiß vor Wut war Bensheim geworden, als er dies berichtete. „'Natürlich habe ich den Gaukler gekannt, manchmal habe ich mich mit ihm auf ein

Bier getroffen, armer Schlucker, aber wie soll ich ahnen, dass er mordlustig ist?', so seine Worte."

„Und die Gerüchte über die Gelbe Drohne?", hatte Tarnus weitergefragt.

„Tarnus, dieser Mann war es, der die Gerüchte in Umlauf gebracht hat, ich bin mir ganz sicher. Ich kann es ihm aber nicht im juristischen Sinne nachweisen. Doch ich habe es an seinen höhnischen Augen gesehen, der Art, wie er die Stimme hob, dem frechen Blick und der Kälte seines Herzens. Tarnus, ich weiß es genau: Für ihn war es ein Experiment. Er wollte einfach nur sehen, was passiert, wenn man ein Gerücht in die Welt setzt. Und nun kommt das Stärkste: Nachdem ich ihm das Urteil verkündet hatte, sah er mich mit demselben frechen Blick wie vorher an und fragte mich mit höhnischer Stimme, wohin er denn gehen solle – vielleicht ins Lübische, um über die Umlandfahrt zu diskutieren? Nun, schlussendlich nannte er mir einen Betrag, den er gut brauchen könnte, sozusagen eine Starthilfe für einen Neuanfang in Lüneburg."

„Wie habt ihr euch verhalten?", hatte Tarnus gefragt.

„Ich habe ihm den Betrag gegeben. Wisst ihr, wie viel er haben wollte? – 30 Silberlinge."

„Der Judaslohn", war es Tarnus entfahren.

„Ja", hatte Bensheim gesagt und seine Hände hatten gezittert. „Tarnus, immer, wenn ich mit diesem Mann gesprochen habe, hatte ich das Gefühl, der Leibhaftige säße mir gegenüber."

Der Ewer hatte in Elmshorn festgemacht. Tarnus verließ das Schiff und setzte sich auf ein Mäuerchen. Noch ein paar Minuten in der milden Sonne sinnieren und dann ein kleiner Marsch zum Hof. Tarnus beugte sich nach vorn und malte mit dem Finger Kringel in den Sand. Bensheim musste wohl recht haben. Wie jemand einen Stein ins Wasser warf und zusah, wie sich Wellen bildeten, und dann beobachtete, wohin sie liefen, so hatte jemand ein Gerücht in die Welt gebracht und darauf gesetzt, wie Menschen auf Falschmeldungen und Halbwahrheiten reagierten, wie sie sich manipulieren ließen und wie verführbar sie waren. Ja, Bensheims Gefühl war richtig.

Tarnus stand auf. Die Sonne war dabei, unterzugehen, und der Ewer war entladen – Brot, Holz und Bier für die Arbeitskräfte auf Gilgs Hof. Jetzt waren Männer dabei, ihn neu zu beladen – Feldfrüchte, Hühner, Schweine und dergleichen. Tarnus setzte sich in Marsch. Er freute sich auf das Abendessen. Die letzten Male hatte sich die blonde Hiltrud neben ihn gesetzt, Petters verwitwete Tochter. Ganz jung war sie nicht mehr, einige Fältchen waren schon um Mund und Augen zu sehen, aber so ganz jung war er, Tarnus, ja auch nicht mehr. Es war schön, mit ihr zu sprechen, so vertraut, und wenn sie lachte, konnte man Grübchen auf ihren Wangen sehen. Tarnus ging weiter und bemühte sich dabei, das Bein nicht mehr nachzuziehen. Aber das würde schon werden. Und das andere? Tarnus blieb stehen und lächelte. Das wäre schön.